PROSPER

MÉRIMÉE

SES PORTRAITS SES DESSINS

SA BIBLIOTHÈQUE

PROSPER
MÉRIMÉE

SES PORTRAITS SES DESSINS
SA BIBLIOTHÈQUE

ÉTUDE

PAR

MAURICE TOURNEUX

PARIS CHARAVAY FRÈRES ÉDITEURS

RUE DE SEINE 51

1879

AVERTISSEMENT

AVERTISSEMENT

Je réunis ici, en les remaniant profondément et en les augmentant de plus du double, trois études sur quelques côtés peu connus de la vie et de l'œuvre de Prosper Mérimée. Bien que huit années à peine nous séparent de sa mort, le petit nombre d'amis et de contemporains qui lui ont survécu, le soin qu'il prit de se tenir en dehors et au-dessus du monde des lettres, la destruction à jamais déplorable de sa maison et de ses papiers, m'ont obligé à procéder envers lui comme s'il eût appartenu à l'un des siècles précédents ; j'ai appliqué du moins à cette reconstitution, autant que je l'ai pu, les procédés patients et minutieux de l'érudition moderne; dans ce petit livre, sorti tout entier de tant de communications bénévoles, je n'ai voulu en effet rien avancer dont je ne fusse certain; j'ai interrogé tout ce qui pouvait me fournir un fait, un trait, une date, et je pourrais presque placer une note sous chacune de ces lignes.

Au reste, j'aurais mauvaise grâce à me plaindre d'un labeur qui a été le délassement d'autres travaux beaucoup plus pénibles, et dans lequel j'étais soutenu par les encouragements de tous ceux à qui je m'adressais. En poursuivant cette enquête obstinée, j'ai pu constater maintes fois quelle trace profonde a laissée le souvenir de Mérimée dans le cœur de tous ceux qui l'ont bien connu; et c'est même à cette amicale piété que je dois la majeure partie des diverses curiosités qui ornent le présent volume.

De Saint-Chéron, où Mérimée passa tant

*d'heures de son enfance et où il se plaisait à
retourner parfois, me sont venus la photographie qui a fourni le principal motif de la décoration du titre, ainsi que le portrait de
Mérimée enfant que Mme R... conserve à côté
des crayons d'Ingres et de Picot représentant
le père et la mère de l'écrivain; c'est également à l'objectif d'un amateur, de l'historien
de Saint-Chéron, feu M. Richard Vian, que
je dois les deux vues qui ouvrent et qui ferment le premier chapitre. M. Eugène Viollet-
le-Duc a tiré de ses cartons cette tête de
femme, à la fois impérieuse et provocante
comme celle de Cléopâtre, en s'excusant, avec
la modestie de la vraie générosité, de n'avoir
rien de mieux à offrir. M. Édouard Grenier,
enfin, nous a permis de reproduire ce gracieux
faune jouant avec sa queue, relique deux fois
précieuse, puisque Mérimée le lui avait donné
et qu'il a pu l'arracher aux décombres encore
chauds de leur commune maison.*

Les autres illustrations, d'une authenticité

non moins rigoureuse, sont empruntées à des
documents dont M. F. Calmettes a su conserver la sincérité qui en faisait le prix, en les
revêtant de la grâce qui leur manquait. Il
n'a pas interprété avec moins de bonheur les
portraits de Mérimée, semés dans le texte.
La comparaison de celui dont M. le marquis
de Saint-Hilaire possède l'aquarelle, avec l'excellente héliogravure de M. Capron d'après
la seule épreuve connue d'une lithographie
d'Achille Devéria, est d'autant plus piquante,
que ces deux images sont contemporaines et
qu'elles mettent sous les yeux le gentleman des
salons doctrinaires et le romantique du cénacle.

Je n'ai pas de moins vifs remerciements à
adresser à M. le vicomte de Spoëlberch, dont
la bibliothèque, les dossiers et les notes m'ont
été tant de fois précieux; à M. Philippe
Burty qui, par ses communications, m'a
donné une fois de plus la preuve d'une amitié
déjà vieille; à M. Pierre Laffite, grâce à qui

j'ai pu montrer Mérimée confiant tous les sou-
cis de l'élaboration d'un texte à l'un des
hommes les plus dignes de le comprendre et de
l'aider : les lettres autographes qu'ils possèdent et dont j'ai pu faire de larges extraits,
achèveront de donner à ce travail le caractère
d'irréfutable véracité qui sera son seul mérite.

MAURICE TOURNEUX

Mai 1879.

PORTRAITS

DESSINS

BIBLIOTHÈQUE

LES PORTRAITS

PROSPER MÉRIMÉE.
D'après un portrait peint par sa mère.

LES PORTRAITS

Lorsque Mme Mérimée peignit d'après son fils unique ce portrait qui nous le montre en longs cheveux blonds bouclant sur le col, le regard candide et les lèvres malicieuses, l'enfant n'avait pas encore pris, à la suite d'une raillerie maternelle, cette résolution, à laquelle il conforma sa vie, de « ne jamais demander pardon. » Mme Régnier, amie intime de Mme Mérimée, avait, par bonheur, fait de cette toile, depuis de longues années suspendue dans la

salle à manger de la rue de Lille et consu-
mée par l'incendie du 23 mai 1871, une copie
minutieusement exacte, dont le lecteur a sous
les yeux la reproduction de tous points excellente (1). Sans elle, nous n'eussions pas connu
ce sourire ingénu qui s'effaça dès l'adolescence,
car, au collège, la physionomie de Mérimée
avait déjà cette expression de réserve un peu
hautaine qu'il conserva jusqu'à son dernier jour.

Elle était déjà fort accusée, paraît-il, dans un
autre portrait peint par Mme Mérimée vers 1818.
Assis sur un tertre, derrière lequel s'étendait
un vaste paysage, le jeune homme était repré-
senté de face, vêtu d'un pantalon gris et d'une
redingote noire. Cette peinture, que me décrit
un parent de Mérimée qui l'a vue de tout temps

(1) Il nous paraît juste de reconnaître combien, par sa rigueur et
sa sévérité, le procédé photographique l'emporte, pour la reproduction
de documents de ce genre, sur des procédés plus libres et plus artis-
tiques. La gravure à l'eau-forte, lorsqu'elle est traitée par une main
excellente, peut, grâce à l'éclat de ses effets, prêter à un livre une
richesse de décoration sans rivale; mais elle ne réussit à bien expri-
mer que des compositions originales. Par la franchise et la hardiesse
qui lui sont nécessaires, elle convient mal à une imitation minutieuse,
et pour un portrait, nous préférons une copie très fidèle, même si elle
est un peu lourdement traduite, à une interprétation plus délicate et
plus poétique, mais plus éloignée du modèle.

chez lui, a, elle aussi, disparu dans l'incendie.

Il faut donc passer sans transition du *baby*
aux bras nus, sortant de sa robe échancrée, à
cette autre image, décolletée aussi, dont la
légende a été si longtemps obscure. Ce troisième
portrait est en effet une mystification comme

le livre qu'il ornait.
Personne n'ignore
que le *Théâtre de
Clara Gazul* était
une supercherie lit-
téraire, dans toute
la force du terme.
Non content de faire
imprimer (à quel-
ques exemplaires, il est vrai) un faux titre
portant *Collection des théâtres étrangers,* qui
rappelait celui d'une publication entreprise par
Ladvocat, Mérimée avait rassemblé dans une
notice signée *Joseph L'Estrange* toutes sortes
de particularités biographiques et même bibliographiques sur l'auteur de ces saynètes; bien

plus Delécluze, l'impitoyable *Étienne* devant
qui, seul entre tous les romantiques, il trouvait
grâce (1), avait consenti à dessiner son portrait
en femme; ce ne fut peut-être d'abord qu'une
plaisanterie de société, car l'album sur lequel
figure la mine de plomb originale, et qui appartenait en 1877 à feu M. Ad. Viollet-le-Duc, était
rempli de croquis et de caricatures tout à fait
intimes. Le fac-similé, publié par Poulet-Malassis en 1876, est la scrupuleuse reproduction des
deux feuillets de cet album : sous l'effigie de
Mérimée à vingt-trois ans, les cheveux encore
bouclés, le menton rond émergeant du haut
collet de cette redingote que la jeune généra-
tion avait emprunté à Gœthe, le même visage
apparaissait dans une découpure strictement
exacte ; procédé familier plus tard aux dessina-
teurs du *Charivari* et de la *Caricature.*

Ce buste d'Espagnole aux épaules nues, la
gorge ornée d'un collier de perles terminé par

(1) « C'est égal, » disait-il un jour à Sainte-Beuve, en un langage
« moins que classique, » — c'est égal, c'est un fameux lapin ! »
(*Nouveaux lundis,* tome III, p. 108.)

une croix, était le véritable frontispice d'un livre
dont le titre, la notice, le texte et les notes
étaient d'imagination pure. Mérimée céda-t-il
à un scrupule tardif en le faisant retirer de la
circulation, j'en doute fort. Toujours est-il que
s'il vint à résipiscence, ce fut après que le portrait de Clara Gazul eut passé par deux tirages.
Le premier, dont une épreuve, peut-être unique,
m'a été gracieusement communiquée par M. H.
de l'Isle, porte seulement à gauche *Delécluse
del.*; à droite *Lith. par Scheffer,* et au bas en ca-
pitales claires : *Clara Gazul.* Sur le second état
figure la mention : *de l'imp. lith. de C. de Las-
teyrie ;* il n'est guère moins rare. Un exemplaire
de la seconde édition, orné de ce portrait et relié
en veau bleu par Bauzonnet, s'est vendu 13 fr.
à la première vente Fossé-Darcosse (1840,
nº 534). Tandis que, sur un catalogue à prix
marqués, la Bibliothèque nationale achetait au
prix de 4 francs un exemplaire en tout semblable, un troisième exemplaire, mais de la première édition, cartonné à la Bradel, atteignait

le prix de 220 francs dans une vente dirigée
par M. J. Baur (16 et 17 février 1875); enfin
deux autres épreuves jusqu'alors inconnues
étaient jointes, l'une à un exemplaire de l'édition de 1830, coté 50 francs sur un catalogue
de la librairie Frédéric Henry (1877); l'autre
à un exemplaire de l'édition originale, offert à
400 francs par MM. Morgand et Fatout (*Bulletin mensuel*, n° 4150). Le portrait de Clara
Gazul avait d'ailleurs reçu une sorte de consé-
cration officielle par la mention qu'en avait faite
M. de Loménie en pleine Académie française.

La Guzla, second pastiche non moins heureux que le premier, est accompagnée, elle
aussi, d'un portrait qui ne manque à aucun
exemplaire de l'édition originale; c'est celui
du râcleur de guitare, Hyacinthe Maglanovich:
il serait inutile de lui chercher une ressemblance avec Mérimée, même en cachant du
doigt le bonnet fourré et les formidables moustaches du barde morlaque. Quant aux initiales
A. Br. dont cette planche est signée, elles sont

pour moi un mystère que les plus persévérantes recherches n'ont pu éclaircir.

Mais c'est assez parler de ces fantaisies destinées à égarer la postérité plus encore que les contemporains ; aussi bien Mérimée était devenu célèbre, malgré le soin singulier qu'il prenait de se dérober à la gloire : les salons de Mme Ancelot et de Miss Clarke le disputaient au cénacle de la rue Notre-Dame-des-Champs ; « Mazeppa d'une armée dont Victor Hugo fut le Charles XII, » selon l'expression de Gustave Planche, il ne rougissait pas de prendre sa part aux grandes luttes d'*Hernani* et d'y convier les doctrinaires et les récalcitrants (1); à quelques pas de la demeure du maître s'ou-

(1) Témoin ce joli petit billet cité par Mme Hugo (*Victor Hugo raconté*, tome II, p. 306) : « L'univers s'adresse à moi pour avoir des loges et des stalles. Je ne vous parle que des demandes que me font les *sommités intellectuelles,* comme dirait *le Globe.* Mme Récamier me demande si, par mon entremise, etc., etc. Voyez ce que vous pouvez faire. Vous savez qu'elle a une certaine influence dans un certain monde. J'ai dit qu'il était impossible d'avoir une loge. Alors elle m'a demandé s'il était possible d'avoir deux bonnets d'évêque. Où la vertu va-t-elle se nicher ? » J'ai eu sous les yeux un autre billet, également adressé à Victor Hugo, où il le priait d'inscrire parmi ses invités M. Beyle, qui offrait au besoin de payer sa place.

vrait l'atelier des Devéria, qui apportait à ces fié-
vreuses soirées son contingent d'enthousiasme ;
Mérimée le fréquentait volontiers : « L'Espagne, » écrivait Achille Devéria à Ziégler, le
2 février 1832, « vient de nous rendre Mérimée, qui, l'ayant parcourue seul et en tous sens,
ne voit qu'Espagne, Alhambra, Grenade, Bur-
gos et combats de taureaux ; il est admirable à
entendre conter les mœurs de ces gens-là (1). »
Ce fut peut-être en écoutant ces pittoresques
récits que Devéria jeta sur la pierre lithogra-
phique une rarissime esquisse dont l'existence
sera révélée à plus d'un amateur par la réduc-
tion que voici. L'épreuve d'après laquelle a
été obtenue cette héliogravure provient des
cartons de l'artiste lui-même, qui a écrit au
crayon dans un angle : Mérimé (sic); elle ne
porte ni signature ni nom d'imprimeur, et il
est vraisemblable que, pour un motif resté
inconnu, la pierre fut effacée après un essai.
Devéria ne l'a point fait figurer, d'ailleurs,

(1) *L'Amateur d'autographes,* 1875 (13ᵉ année, p. 138).

dans l'œuvre très incomplet qu'il a formé au cabinet des Estampes, lorsqu'il en était conservateur.

Un autre artiste, voué à la noble tâche de fixer dans le bronze et le marbre les traits des survivants de la Révolution et ceux des « jeunes hommes, » dont il était l'aîné, David d'Angers, n'eut garde d'oublier Mérimée : le libéral qui collaborait au *Globe* et au *National,* avant les trois jours, est parmi ceux qui portent le cercueil du général Foy sur l'un des bas-reliefs du tombeau de ce grand orateur ; et le romantique avait eu l'honneur de voir son médaillon présenté par David à Gœthe, quand il se rendit à Weimar en août 1829 pour modeler le buste du grand poète. Ce médaillon de Mérimée est un des moins connus dans l'œuvre du statuaire (1). M. Henry Jouin n'en cite que trois exemplaires en bronze : celui qui fut offert à

(1) David a laissé dans son Journal cette note curieuse sur Mérimée, qu'il rencontrait aux soirées de M. Pierre Lebrun, alors directeur de l'Imprimerie royale : « Mérimée parle peu. Il joue avec un album, insoucieux de tout ce qu'il dit, affectant les manières d'un sceptique

Gœthe, celui qui appartient à la veuve de l'artiste, enfin celui dont le modèle fut gratifié (1); mais quelques années après, il ne pouvait pas même offrir à son ami Requien un seul plâtre : « Le mouleur n'en a plus, » lui écrivait-il (1er janvier 1836), « et pour vous en procurer un, il faudrait faire la cour au sculpteur, avec lequel je suis un peu beaucoup *in contegno* (2). » Quelques mois auparavant, il tempérait ce refus involontaire d'une promesse qu'il n'a pas, je crois, réalisée : « Je vous enverrai un portrait de moi moins monumental, mais plus ressemblant, peut-être une aquarelle d'un ar-

et d'un homme blasé, mais observant néanmoins les détails avec une extrême finesse. Une certaine timidité, une retenue qui perce toujours à travers l'aplomb que lui fait prendre son excessive confiance dans son mérite, forment le fond de son caractère. Mérimée examinait les traits de Lebrun, et l'on pouvait deviner qu'il analysait les lignes froides d'un visage trop régulier pour que la passion poétique ait passé par là. » (*L'Œuvre de David d'Angers*, par Henry Jouin, I, 3o5.)

(1) Il n'a pas été reproduit dans la collection des réductions Collas, mais il a été photographié dans *l'Œuvre de David d'Angers* (1867, in-fol.).

(2) Bibliothèque et musée Calvet à Avignon. Les extraits des lettres adressées par Mérimée à Requien, cités dans ce travail, sont tous inédits.

tiste anglais » (28 juin 1835). Cette aquarelle
ne serait-elle pas le charmant profil si délicate-
ment coloré, d'une grâce si aristocratique,
mais ni signé, ni daté, offert par Mérimée à une
parente, Mme Dubois-Fresnel, avec le manuscrit
autographe de *Mateo Fal-
cone?* L'acquéreur de ces
deux curiosités à la vente
du 26 février 1876, M. le
marquis de Queux de Saint-
Hilaire, n'en est point resté
le possesseur exclusif et ja-
loux. Grâce à lui, les curieux ont entre les mains
le texte primitif de *Mateo Falcone* (1) avant
les retouches que l'auteur y fit sur l'épreuve
même de la *Revue de Paris* (car le manuscrit
de M. de Saint-Hilaire est la *copie* remise au
docteur Véron), et le fac-similé de l'aquarelle
rendue avec un rare bonheur par M. Alfred
Llanta; mais est-elle bien d'*un* artiste anglais,

(1) *Mateo Falcone, publié d'après le manuscrit autographe* de
l'auteur. Paris, Charpentier (Imp. Jouaust), 1876, petit in-4º.

cette fraîche esquisse ? N'est-ce pas plutôt une main féminine qui s'est plue à caresser ces cheveux blonds roulés, ces favoris soyeux, à marquer d'un trait vigoureux, au-dessus de ce nez carré et volontaire, le pli droit qui coupait le front, à jeter enfin sur ces épaules un vague *quiroga?* Ce portrait, de beaucoup le plus agréable de tous ceux qui subsistent, est bien celui du brillant cavalier dont Mme Récamier voulait faire en 1829 un secrétaire d'ambassade à Londres.

Son premier voyage en Espagne, ses travaux littéraires et administratifs joints aux veilles d'une existence des plus mondaines, les longues tournées d'inspection auxquelles il s'astreignit avec un zèle infatigable de 1834 à 1853, donnèrent à son teint « la couleur du cheval pâle de l'Apocalypse »; aussi bien la chancellerie ottomane de 1842 était-elle plus flatteuse quand, sur un passeport, elle lui reconnaissait *des cheveux de tourterelle* et *des yeux de lion :* impossible d'appeler d'un plus joli nom des cheveux grisonnants; pour les yeux de lion, il faut payer d'imagination. C'est pendant cette course en Asie Mineure, dont Ampère a donné, sous forme de lettre à Sainte-Beuve, un court et alerte récit, que Mérimée laissa, pour la première et unique fois, croître des moustaches qui dépassaient ses oreilles.

Sa physionomie avait depuis longtemps repris son caractère habituel, quand, en l'honneur de sa réception à l'Académie française, *l'Illustration* (1) plaça son portrait en regard de celui de M. Étienne. Sous le crayon élégant d'un dessinateur anonyme (peut-être Henri Valentin), le nouvel académicien est vu de trois quarts, tourné à droite; de légers favoris effleurent sa haute cravate blanche et le jabot de la chemise passe entre les revers de l'habit à palmes; les sourcils sont très accentués, les cheveux ondulés et touffus; l'ensemble est particulièrement distingué, mais très embelli.

Un peintre, élève de Gros, intimement lié

(1 Tome IV, p. 369, 15 février 1845.

avec Bonington et avec Delacroix qui entretint avec lui une correspondance des plus amicales, M. Alexandre Colin, avait dû à Mérimée certaines facilités pour aller faire en Espagne quelques-unes des belles copies d'après les maîtres qu'il a laissées. Pour lui en témoigner sa reconnaissance, il lui offrit de faire son portrait, ce que Mérimée accepta avec empressement. Le portrait, peint vers 1865, et qui le représentait en buste, fut détruit le 23 mai 1871. Il n'en subsiste pas d'esquisse entre les mains de M. Paul Colin, fils de l'artiste et lui-même peintre distingué.

Dans une aquarelle exquise(1), où M. Eugène Lami avait réuni quelques-uns de ses contemporains, Delacroix, Musset, Vitet, etc., etc., il n'avait pas oublié Mérimée; mais c'est là, comme il m'a fait l'honneur de me l'écrire, « une légère indication de son profil, faite de souvenir, et qui ne peut donner qu'une faible

(1) Exposée en 1875 au Cercle des Mirlitons, place Vendôme, sous le titre de *Un salon de Paris il y a vingt ans.*

idée de l'homme. » Aussi, à l'exception d'un croquis de M. Charles Blanc, dessiné à Saint-Gratien et photographié à quelques épreuves par un amateur, c'est à la photographie seule qu'il faut demander, après un laps de plus de quinze ans, les dernières effigies de Mérimée *ad vivum;* encore est-il difficile d'assigner un ordre chronologique rigoureusement exact à ces images fugitives et incomplètes : tel est le cas de celle qui décore notre frontispice. L'épreuve primitive et à demi effacée, sortie d'un objectif anonyme, est peut-être contemporaine du portrait-carte annoncé dans la lettre à l'Inconnue du 14 septembre 1860, et qui est introuvable : « Je vais demain avec Panizzi chez Disderi pour me faire photographier. On a essayé à Glenquoich; mais il y a si peu de jour dans ce pays-là, qu'il n'est venu qu'une espèce d'ombre surmontée d'une casquette parfaitement modelée. » Il y eut au moins deux poses, car il écrivait quelques jours plus tard (7 octobre) : « Avez-vous trouvé mon portrait ressemblant? En voici un meilleur, ou du moins d'une expression moins sinistre (1). »

Cette expression, dont il semble lui-même mécontent, on la retrouve dans un portrait dû à M. Reutlinger : les cheveux blancs coupés court,

 le visage rasé, les sourcils noirs et drus, l'œil très beau dans sa fixité, Mérimée est là, selon le mot de quelqu'un qui l'a bien connu, « plus dur que nature (2). » Vers le même temps, un photographe dont l'atelier est depuis longtemps fermé, M. E. Ro-

(1) Le Cabinet des Estampes possède une épreuve d'un portrait-carte tiré chez Disderi et qui représente Mérimée assis près d'une table couverte d'un tapis rayé, sur laquelle sont posés son chapeau et un pot de fleurs ; le visage, penché sur le livre qu'il semble lire, est plongé dans l'ombre, la lumière ne porte que sur le front et les cheveux très crûment éclairés. Est-ce une troisième « pose », ou bien celle qu'il jugeait « moins sinistre ? » M. Disderi a vendu sa maison ; les clichés ont été détruits et il n'existe point d'albums des portraits exécutés sous sa direction.

(2) M. Marcellin Desboutins a gravé, d'après cette photographie, une pointe sèche pour une collection de portraits d'écrivains contemporains édités par la librairie Rouquette. L'Univers illustré avait déjà donné pendant le siège, d'après le même cliché, un bois de M. L. Breton, gravé par Dumont, qui a reparu avec quelques modifications dans l'édition illustrée de l'Histoire d'un crime.

bert, obtint quelques minutes de pose de Sainte-
Beuve et de Mérimée, et il fit de l'un et de
l'autre deux des meilleurs portraits qui en
soient restés. Sainte-Beuve avait placé celui de
Mérimée dans un cadre accroché à la cheminée de son cabinet de travail; c'est sur
cette épreuve, communiquée par M. Jules
Troubat, que M. Frédéric Régamey grava, d'une
pointe brillante et ferme, pour la *Bibliographie*
publiée en 1876, un portrait de face (en buste)
dont s'inspira également M. Edmond Morin,
lorsqu'il orna d'eaux-fortes la somptueuse édition de la *Chronique de Charles IX* imprimée aux frais de la Société des amis des
livres (1).

Là s'arrête la liste des documents iconogra-
phiques qu'on peut citer avec certitude; il ne
reste plus à mentionner que des œuvres de se-

(1) Il a existé un autre cliché dû à M. E. Robert. La seule épreuve
que je connaisse est également au Cabinet des Estampes. Mérimée
est assis, vu à mi-corps, les mains gantées appuyées sur une canne.
Les sourcils très drus et les cheveux blancs, légèrement ébouriffés,
éclairés en pleine lumière, donnent une grande vigueur à ce portrait
d'une attitude d'ailleurs banale.

conde main et de médiocre valeur. Ce sont, par ordre de date :

1° Une gravure sur acier, en tête de la biographie de Mérimée par E. de Mirecourt (*Havard,* 1857, in-18). A mi-corps, profil à gauche, la main dans le gilet, visage rasé. *Carey del. et sc.; imp. Mangeon.*

2° Un bois de Mès gravé par Vautier, pour un article de Charles Asselineau sur le fauteuil de Mérimée à l'Académie française (1), reproduction agrandie du portrait de Carey; la physionomie a été rajeunie; l'attitude et le costume sont les mêmes : Mérimée a l'apparence d'un jeune domestique de bonne mine.

3° Un portrait sur acier dans *l'Artiste, Revue du XIXe siècle* (1er mars 1868). Assis, de face, vu jusqu'à mi-jambes, les cheveux blancs très courts, un cigare dans la main droite. *J. Nargeot del.; imp. Ch. Chardon.* En regard, un sonnet anonyme de Ch. Coligny.

4° Un bois en tête de la seconde édition de la

---

(1) *Musée des Familles*, tome XXXIV, p. 80, décembre 1866.

biographie de Mirecourt (*Histoire contempo-raine. Portraits et silhouettes du XIX⁰ siècle*). Tête seûle, presque de face, menton et joues rasés ; signature illisible en bas à gauche. Réminiscence de la photographie de Reutlinger.

5⁰ Par un oubli qui n'est pas sans exemple dans le même recueil, le portrait de *l'Artiste* de mars 1868 a reparu dans le n⁰ de février 1874 sans signature et sans le sonnet.

La haute situation que Mérimée eut de tout temps dans ce monde littéraire, auquel il ne se mêla cependant que comme un gentleman qui écrit par pur délassement et sans avoir jamais fait le *métier* d'homme de lettres, lui épargna les attaques et les caricatures dont ses contemporains les plus illustres furent assaillis. Je ne crois pas que *le Charivari, la Caricature, le Corsaire, la Silhouette* aient imprimé une seule fois son nom ; il a échappé aux calembours en plâtre de Dantan jeune comme au crayon grimaçant de Grandville, de Benjamin et de Géniole ; et la seule charge de lui que je

connaisse, c'est lui-même qui l'a tracée en avril
1834 sur l'album de son ami Requién, conservé au musée d'Avignon : le nez gros et carré,
la bouche large, un épi de cheveux poignardant
le ciel, l'ensemble du profil rendu vieux et vul-
gaire à plaisir.

LES DESSINS

LES DESSINS

Mérimée fut de tout temps un dessinateur infatigable, et Victor Hugo seul a peut-être égalé sa fécondité; mais ce qui, chez le poète, est la libre manifestation du génie, fut pour Mérimée l'application patiente d'un instinct qu'il devait à ses origines : il était fils de deux artistes.

Jean-François-Léonor Mérimée, né à Broglie (Eure), le 16 septembre 1757, passa, sur les conseils de David, son premier maître, dans l'atelier de Vincent, puis à l'Académie royale de

peinture; après avoir inutilement concouru
pour le prix de Rome, en 1788, il avait pris
part aux Salons de 1791 à 1799, et quelques-uns
de ses tableaux, *les Chasseurs trouvant dans
une forêt le squelette de Milon de Crotone* (1),
l'Innocence nourrissant un serpent, dont Bervic
a laissé une planche estimable, *Vertumne
et Pomone* (2), *Daphnis et Chloé* (3) dans la
grotte du bonhomme Philétas, avaient obtenu
le suffrage des « aristarques » d'alors. Léonor
Mérimée a peint en outre une vaste et froide
composition (*Hippolyte rappelé à la vie par
Esculape*) qui couvre un pendentif d'une salle
des antiques au Louvre, et la copie du portrait
de Poussin, placée au-dessus de la cheminée,
dans la salle des délibérations de l'École des
Beaux-Arts. Secrétaire perpétuel de cette École
depuis le 24 janvier 1807 jusqu'à sa mort, et

(1) Gravés au trait par Normand dans les *Annales* de Landon
(XIV, 915).

(2) Le musée Fabre à Montpellier en possède une agréable répétition.

(3) Appartenant à M. Camille Raspail.

professeur de dessin à l'École polytechnique de
1801 à 1815, il consacra surtout ses loisirs à
des recherches chimiques sur les couleurs, les
essences, les vernis; de plus, ses fonctions de
membre du jury à l'Exposition de 1802 le
mirent en rapport avec les plus illustres savants,
et ce fut en grande partie à son initiative que
l'on dut la création de la Société d'encourage-
ment pour l'industrie nationale. Pendant plus
de quinze ans, il présenta à cette Société une
foule de rapports spéciaux, dont quelques-uns
ont été imprimés et que M. Paul Lacroix a
énumérés dans une notice de la *Biographie*
Michaud (1). L'un des plus importants est celui
qu'il adressa à M. Decazes, au retour d'une mission en Angleterre, sur l'état des arts industriels
de ce royaume (1817). Mais son œuvre capitale
et celle qui l'occupa toute sa vie est son traité
De la Peinture à l'huile ou des Procédés ma-

(1) Quérard (dans *la France littéraire*) attribue à Prosper Mérimée
un *Rapport sur des échantillons de bleu de Prusse présentés par
M. Drouet* (1821, in-8); par contre, il qualifie le père de l'écrivain
de maître des requêtes, titre qui fut promis à P. Mérimée, mais non
accordé, bien qu'il eût exercé ces fonctions pendant six semaines.

*tériels employés dans ce genre de peinture
depuis·Hubert et Jean van Eyck jusqu'à nos
jours*(1). Ce livre, resté classique, avait été
entrepris avant la Révolution, durant un voyage
en Hollande, et continué obstinément pendant
près de quarante années. A peine avait-il paru,
que l'auteur cherchait à le compléter par de nouvelles lectures : « Mon fils, » écrivait-il à Fabre,
le 6 janvier 1831, « vient de faire un voyage
de cinq mois en Espagne. Je l'avais chargé de
prendre quelques notes sur les plus anciens
traités de peinture. Il y en a un de 1649, de
Pacheco. Je le lis en ce moment avec l'aide de
mon fils (2). » Il ne put que préparer une
seconde édition, dont les éléments ont disparu,
et mourut à Paris le 27 septembre 1836. Ingres,
qui fut très lié avec Léonor Mérimée, a dessiné
d'après lui un admirable petit portrait à la mine
de plomb, sans date ni signature, où se lit la

(1) Paris, V⁰ Huzard, 1830, in-8, avec une planche.

(2) Lettres inédites de J.-F.-L. Mérimée à F.-X. Fabre, conservées
à la bibliothèque publique de Montpellier.

souriante bonhomie de l'homme qui voulait
« se faire une belle épitaphe en lettres d'or dans
la mémoire de ses amis. »

Il donnait des leçons de dessin dans un pen-
sionnat tenu par Mme Moreau, veuve d'un médecin et mère de sept ou huit enfants, quand il
s'éprit de la dernière de ses filles, qu'il ne tarda
pas à épouser. Mme Anna Mérimée peignait
agréablement la miniature et s'était fait une
sorte de spécialité des portraits d'enfants. Petite-
fille de Mme Le Prince de Beaumont, elle contait, paraît-il, avec une grâce parfaite, où M. de
Loménie a voulu voir la conséquence même de
cette parenté. Mme Mérimée n'a jamais exposé
aux Salons bisannuels ; ses œuvres sont aujour-
d'hui rares, ou classées sous d'autres noms que
le sien. La plus importante peut-être n'est
connue aujourd'hui que par une gravure à la
manière noire de Bourrer : c'est le portrait de
Victor Jacquemont, à mi-corps, de trois quarts
à droite, les cheveux bouclés, le collet haut, un
large ruban à la boutonnière ; ce dernier détail

a été ajouté au portrait après que Jacquemont eut, dans le cours de son voyage aux Indes, reçu la décoration. Un dessin à la mine de plomb, signé de Picot et daté de 1838, représente Mme Mérimée en bonnet fanfreluché, le corsage étroit et haut, les lèvres minces, offrant une ressemblance visible avec son fils. Elle mourut le 1er mai 1852, sans s'être jamais séparée de lui, si ce n'est pendant les voyages dans lesquels il mettait à profit les aptitudes que Léonor Mérimée annonçait à Fabre avec une fierté toute paternelle : « J'ai un grand fils de dix-huit ans dont je voudrais bien faire un avocat. Il avait des dispositions pour la peinture au point que, sans avoir jamais rien copié, il fait des croquis comme un jeune élève et ne sait pas faire un œil. Toujours élevé à la maison, il a de bonnes mœurs et de l'instruction » (22 novembre 1821).

Mérimée donnait en effet à la peinture et au dessin tous les instants que lui laissaient l'étude du droit et celle des langues mortes et vivantes.

qu'il devait si parfaitement et si promptement posséder.

Vers les dernières années de la Restauration, un amateur qui avait remporté un premier prix de Rome, en 1810, au concours de sculpture (*Othryades blessé à mort*), mais que ses liaisons avec Bonington, Delacroix, etc., avaient heureusement détourné des voies académiques, M. J.-R. Auguste, fils d'un orfèvre distingué du premier empire et possesseur d'une jolie fortune, ouvrait chaque semaine son salon aux artistes, et Mérimée n'était pas le moins assidu de ses visiteurs. Dans un billet qu'il lui adressait, en 1827, il le priait de lui prêter une de ses études, d'après Géricault, « où l'on voit un cheval blanc qui se détache sur une draperie rouge (1). »

Dès cette époque aussi il était lié avec Eugène Delacroix, et cette amitié, qui se refroidit

---

(1) Vente d'autographes du 30 mai 1877. Cette lettre appartient aujourd'hui à M. Philippe Burty. On pourra trouver quelques précieux détails sur M. Auguste, dans un intéressant article de M. Ernest Chesneau (*Constitutionnel* du 4 mars 1865).

par la suite, lui aurait sans doute permis
d'écrire sur le grand artiste une étude aussi
puissante dans sa brièveté que le *H. B.*, s'il
n'avait pas craint d'être accusé une seconde
fois d'indiscrétion envers la mémoire d'un ami
mort : telle fut du moins la raison qu'il allégua
pour repousser les sollicitations de M. Paul
Chenavard à ce sujet. Rien ne subsiste non plus
des lettres qu'ils échangèrent, sauf peut-être
ce billet que M. Philippe Burty avait communiqué à *l'Art,* avec une feuille de croquis
mêlés de réflexions qui résument certainement une conversation du peintre et de l'écrivain (1) :

« Paris, le 2 sept. 183 .

CABINET DU MINISTRE DU COMMERCE

ET DES TRAVAUX PUBLICS

« Vous êtes invité à vous trouver, mardi
6 septembre, à six heures, devant la rotonde
du Palais-Royal, pour aller dîner ensuite où il

(1) Ce billet et ces croquis ont été fac-similés dans *l'Art,* 1875,
tome III, p. 266 et 267.

conviendra aux personnes dont les noms sui-
vent : Mareste, Koreff, Viel-Castel, Sharpe et
moi.

Pr Mérimée

» Je vous fais mes compliments de con-
doléance sur votre sujet, mais je vous propo-
serai un remède efficace. »

L'en-tête de cette lettre nous fournit la date
approximative de l'année où elle fut écrite.
Mérimée avait suivi M. d'Argout en qualité de
chef de cabinet au ministère de la marine, puis
à celui du commerce (13 mars 1831), et enfin
à celui de l'intérieur (30 décembre 1832). Ce
billet est donc de l'une de ces deux années.
L'original n'a plus qu'un seul feuillet ; le second
a été coupé par Delacroix, qui s'en servit peut-
être le jour même pour tracer un croquis au
Jardin des plantes : sous l'écriture de Mérimée
se modèle très nettement encore l'empreinte
d'une patte de lion. N'est-ce pas là un bel
autographe ?

La réunion des convives n'est pas moins
curieuse : c'étaient le baron de Mareste, le spirituel ami de Jacquemont et de Stendhal, auxquels il a de beaucoup survécu et qui devaient
lui envier son célèbre paradoxe : « Le mauvais
goût mène au crime ; » le comte Victor de
Viel-Castel, un viveur élégant qui gagna un
jour contre un Anglais le pari d'absorber à lui
tout seul le menu d'un dîner dont la carte, con-
servée par Roger de Beauvoir (1), s'élevait à
500 francs ; M. de Koreff, le médecin de
Beyle et un peu aussi, je crois, celui d'Henri
Heine ; enfin Sutton Sharpe, un avocat anglais
mort à Londres en février 1843, « neveu du
poète Rogers, homme d'esprit très vicieux qui
gagnait 100,000 francs par an à défendre la
veuve et l'orphelin et les dépensait avec des
rats. C'était un des plus aimables hommes que
j'aie connus. Il est mort d'apoplexie pour avoir
trop travaillé et trop fait l'amour (2). »

(1) *Les Soupeurs de mon temps*, Achille Faure, 1867, in-18.

(2) Lettre inédite de Mérimée à Sainte-Beuve, sans date, mais écrite

Dans ce groupe brillant qui représentait assez bien, au commencement du siècle, avec autant de scepticisme et une ironie plus prudente, la « synagogue » du baron d'Holbach, Delacroix devait tenir son rang; mais, malgré le plaisir qu'il goûta de tout temps à ces légères débauches de table par lesquelles il rompait les jeûnes que lui imposait sa frêle organisation, il préférait quelque causerie sereine et originale sur les manifestations multiples du Beau, et c'est très certainement à la suite d'une de ses conversations avec Mérimée qu'il jeta sur une feuille de papier une vingtaine de croquis et les réflexions qu'elle lui inspirait. Il y a un enchaînement réel dans ces brèves formules, et les évolutions du dialogue se retrouvent sous leur désordre apparent. Quant au nom de l'interlocuteur, il ne peut être douteux : « M. me disait : Je définis l'art : l'exagération à pro-

probablement en 1855 ; elle renferme les noms des principaux correspondants de Beyle, désignés seulement par des initiales dans les deux volumes de lettres publiés en 1855. Cette lettre m'a été communiquée par M. le vicomte de Spoëlberch.

4

pos : » tout l'art de *Colomba* et de *Carmen* est là. . .

Voici d'ailleurs ces notes de Delacroix ; elles commentent le plus souvent l'esquisse qu'elles encadrent :

. « Dessin d'après les têtes de Rubens ou de Véronèse, d'après ces natures fortes dans le genre du fou des *Noces de Cana*. Tête de capitaine du port à Tanger. Charlet. Dans les médailles, hommes gros et âgés. Le portrait du Titien, gravure de Schwiter. Figure de femme d'une nature grasse.

» M. me disait : Je définis l'art : l'exagération à propos. Comme les anciens (1) l'ont bien senti : les masques, les porte-voix, les cothurnes. C'est le seul peuple artiste en tout.

» Étude de la tête de Clouet ; chercher un motif.

» Chercher un sujet de plusieurs femmes nues dans l'Arioste ou autres.

» Bain de femmes mores, superbe motif.

(1) Sans doute les Grecs.

» Pourquoi ne pas copier la femme de trente ans, par exemple, comme la nature la fait, le col court, le petit double menton, la rondeur des cuisses ?

» La nature fait une beauté pour tous les âges. Tous nos systèmes tendent à la borner. L'antique copie le beau de tous les âges, mais jamais mesquinement (1). Goya sublime dans ses femmes pour cela. Ingres (il n'aurait pas osé le faire dans sa jeunesse) a entrevu une partie de cela et y doit tout son lustre, son *Homère,* son *Œdipe,* ses femmes.

» C'est Michel-Ange qui a mis à la mode les muscles ronflants. Trouver Aspasie. »

Ainsi, en quelques lignes, Delacroix résume

(1) Il est curieux de rapprocher de ceci quelques lignes de Mérimée lui-même à propos d'une Vénus sans bras achetée par le British Museum :

« Il y a dans toutes ces statues antiques des mouvements pris sur nature d'une merveilleuse grâce et parfaitement chastes en même temps. Lorsqu'on les fait répéter à nos modèles dans nos ateliers, ils semblent affectés et indécents. A quoi cela tient-il ? Je me suis souvent demandé si cela tient à la condition sociale des modèles et si des femmes du monde ne seraient pas plus près de l'antique. Quel dommage que ces expériences, qui seraient si instructives, ne puissent pas se faire plus facilement ! » (*Lettres à une autre Inconnue ;* Saint-Cloud, 14 août 1866.)

et caractérise toujours du mot propre les tem-
péraments de la Renaissance italienne, la ru-
desse voulue de Charlet, le génie plastique de
la Grèce, la beauté de la femme de trente ans;
il exprime són admiration pour Goya et rend
un juste hommage à son implacable adversaire,
M. Ingres; puis, sa pensée, qui flotte sans
effort de la plus pure antiquité aux raffinements
de la grâce moderne, se concentre en deux mots
qui sont comme la synthèse de sa rêverie :
« Trouver Aspasie. »

S'il n'y a nulle témérité à rattacher à l'époque
de la liaison de Mérimée et de Delacroix les
notes qu'on vient de lire, il serait imprudent
de voir dans l'écrivain un élève du peintre
quand il se servait de la mince plume de fer de
l'encre de Chine ou du pinceau des *waterco-
lours*, car son tempérament personnel repre-
nait le dessus et ne trahissait en rien une si
glorieuse influence. Ses fonctions d'inspecteur
général des monuments historiques exigeaient
d'ailleurs de son crayon plus de précision que

de pittoresque. Les croquis relevés ainsi par lui sont innombrables, et, à défaut de ses albums à jamais disparus, ses compagnons de voyage ou ses collègues des commissions sont restés possesseurs de plus d'une de ses études architecturales.

Pendant sa promenade en Asie Mineure avec Ampère, lors de ses fréquents séjours en Espagne et en Angleterre, il ne perdait aucune occasion de s'escrimer. Avant d'entreprendre ses tournées officielles, il avait même appris à mouler, et cette pratique lui fut plus d'une fois précieuse. Il se contentait toutefois de donner des ordres dans les villes où il avait chance de rencontrer des ouvriers assez habiles, comme à Avignon, par exemple ; il fit exécuter au musée Calvet, entre autres reproductions, celle du *Caracalla vendant des petits pâtés,* qui est une des curiosités de cette collection. « Remerciements encore pour le *Caracalla,* » écrivait-il à Requien, le 19 juin 1835; « 1/3 (1) en est amou-

(1) Mérimée avait dû emprunter à Stendhal cette façon énigmatique

reux. J'avais peur qu'il ne prît cela pour une caricature moderne et de sa personne, mais il a beaucoup admiré le bousingotisme du III° siècle, comme tout à fait innocent. » M. Champfleury a donné dans l'*Histoire de la caricature antique* un bois d'après le moulage même exécuté en 1835.

- Bien qu'il ne fût pas un rival dangereux pour M. Eugène Lami ou M. Edmond Morin, Mérimée devait songer à lui-même lorsque, dans *le Vase étrusque,* il cite, parmi les prétendants éconduits dont Saint-Clair triomphe, « ce jeune auteur qui fait de si jolies aquarelles et qui joue si bien les proverbes. » Dans sa vieillesse, il écoutait docilement les conseils d'un artiste distingué, M. Jules Grenier, dont il se déclarait l' « élève indigne » en lui dédiant une étude faite sous ses yeux, et, à la veille de son dernier départ pour Cannes, il copiait encore à l'aquarelle un tableau de l'école de

de désigner M. Thiers. J'ai vu la même plaisanterie dans un billet adressé à Hipp. Royer-Collard.

Paul Véronèse. Quelques amis n'ont pas toujours pu conserver les cadeaux qu'il leur
avait faits, non sans insister, paraît-il, sur
l'importance du présent. C'est ainsi que
M. Charles Edmond, après l'occupation de sa
villa de Bellevue par les Prussiens, ne retrouva
intacte qu'une seule des aquarelles que Mérimée lui avait données, et qui représente une
vue de Cannes; sur le premier plan se promène,
grave, sous un parasol, un gentleman vêtu de
noir, que l'on peut considérer, avec quelque
bonne volonté, comme la silhouette de l'auteur.

Il était plus généreux quand il s'agissait des
bonhommes à l'encre ou à la mine de plomb
dont il couvrait les papiers qu'il avait devant
lui ; en emportait qui voulait ; on l'a vu dessiner partout, à l'Institut, au Sénat, dans les
diverses commissions dont il était membre.
M. Jules Troubat possède deux précieux croquis d'après le duc de Broglie père et M. Mi-
gnet, ramassés par Sainte-Beuve à l'Académie

et annotés par lui. M. Paul Arnauldet avait orné un bel exemplaire de _Notre-Dame de Paris_ d'un profil de Victor Hugo écrivant, que M. Aglaüs Bouvenne s'est plu deux fois à reproduire à quelques épreuves (1). M. Rathery avait recueilli une grande composition « d'après Prudhon » : _l'Ombre des bonnes poursuivant_

Dumolard, crayónnée le 9 mai 1864 au Comité des monuments historiques. C'est aussi dans une séance du Comité que fut tracée d'une plume vigoureuse la tête de femme reproduite ici et que M. Eug. Viollet-le-Duc a bien voulu me communiquer. Le voisin habituel de Mérimée à ces réunions, M. Paul Lacroix, a gardé plus d'une de ces improvisations, par exemple deux

(1) Cet exemplaire de _Notre-Dame_ est porté au prix de 150 francs sur le catalogue de février 1879 de la librairie Rouquette.

fantastiques personnages montés sur ergots, revêtus d'habits à palmes et ornés de proboscides monstrueuses, intitulés l'un *Académicien,* l'autre *Sénateur,* mais qui sont plutôt les symboles de ces deux corps que la charge personnelle d'un collègue (1); un paon académique étalant une queue ocellée de décorations de tous pays et se pavanant sur une pile de volumes dont les titres visent un confrère des Inscriptions, mort nonagénaire, etc. On trouverait bien d'autres spécimens de ces bouffonneries sans prétention chez MM. Charles Read, E. Boeswillwald, de Varennes, etc.

Ces divertissements n'étaient pas toujours aussi innocents : le goût permanent de Mérimée pour les polissonneries et qui fut autant un

(1) *L'Art* (1875, tome III, p. 269) les a reproduits tous deux en les réduisant un peu. *L'Autographe* du 1er août 1865 a donné une grenouille en falbalas, esquissée par Mérimée pendant le fameux réquisitoire de M. Dupin contre le luxe effréné des femmes : commentaire piquant d'une page austère de M. Alphonse Peyrat sur le même discours. Dans un album publié par M. Aglaüs Bouvenne (*Sept dessins de gens de lettres,* 1874, in-folio), on trouve une sorte de charcutière espagnole, enguirlandée d'informes ébauches et de mots russes, qui avait été oubliée sur un pupitre de l'Institut.

travers qu'une affectation, se donnait carrière
sous ses doigts comme dans sa conversation.
Il a existé un album, illustré par lui et par
M. Gr. de B. de dessins obscènes, exécutés
pour la plupart pendant les séances de la Commission des monuments historiques, et auxquels une exubérance d'érudition archéo-
logique et symbolique prêtait un caractère
étrange.

Dans la correspondance de Mérimée on trouverait aussi un grand nombre de croquis; les
Lettres à une inconnue fournissent à ce sujet
plus d'un renseignement forcément très vague,
mais qui a néanmoins son prix. Dès les premières pages, on le voit copiant un Velasquez
en l'honneur de Mlle X : « Depuis que vous ne
voulez plus de mon aquarelle, j'ai assez grande
envie de vous l'envoyer. J'en étais mécontent
et j'avais commencé une copie d'une infante
Marguerite, d'après Velasquez, que je voulais
vous donner. Velasquez ne se copie pas facilement, surtout pour des barbouilleurs comme

moi. J'ai recommencé dix fois mon infante, mais à la fin j'en suis encore plus mécontent que du moine. Le moine est donc à vos ordres...: » Un peu plus loin, à la suite d'un rêve qu'il lui raconte et dont l'explication menace d'être obscure, il ajoute : « Pour vous faire mieux comprendre la scène, je vous envoie un dessin. » — « J'ai commencé à dessiner pour vous un costume mâconnais » (29 septembre 1843). La grande affaire à cette époque, c'était le portrait, sans cesse tenté, de l'amie. — « (8 avril 1843.) Vous aurez votre portrait en Turquesse que j'ai un peu arrangé. Je vous ai mis un narghilé à la main pour plus de couleur locale. » — « (5 décembre 1844.) J'ai commencé ce soir le dessin que vous me commandez. C'est difficile à faire. Vous tenez donc à ce champ de chardons ? Je vous apporterai mon esquisse et aussi votre portrait. Je vous ai donné vos yeux mauvais. » — « (12 septembre 1846.) Je crois vous avoir parlé de deux portraits. J'en ai maintenant au moins trois, et à chaque tentative infructueuse, j'ai recommencé sans détruire le premier portrait et sans mieux réussir ; enfin, vous verrez si ma mémoire m'a bien ou mal servi. Vous me demandez quelle robe? En vérité, je me m'en suis guère préoccupé ; mais ce n'est pas là que gît la ressemblance. Je désespère de saisir jamais l'expression indéfinissable de votre physionomie. » — En bateau à vapeur sur le Rhin, la dimension phénoménale des pieds d'une Allemande et la forme extravagante de sa coiffure exigent, pour être convenablement rendues, un croquis dont le lecteur n'a que la mention. Lors de ses premiers séjours à Cannes, il est repris de sa fureur de peindre : « Je fais des paysages tous plus beaux les uns que les autres. Malheureusement, il y a ici un collègue qui m'a escamoté mes deux meilleurs ouvrages. Mon ami, qui est peintre plus véridique que moi, est dans une perpétuelle admiration de ce pays-ci. Nous passons nos journées à faire des croquis. » (22 janvier 1859.) — A Londres (31 août 1861), c'est le portrait d'un gorille empaillé qui le sollicite. A Fontainebleau (4 août 1868), c'est la copie d'un portrait de Diane de Poitiers, d'après le Primatice. « Elle est représentée en Diane habillée d'un carquois, et il est évident qu'elle a posé et que des pieds jusqu'à la tête tout est portrait. »

Il aimait à illustrer les manuscrits de nouvelles qu'il offrait volontiers à de grandes dames (1). « *La Chambre bleue* avait été copiée de sa plus ferme écriture sur un cahier relié de format in-18 et terminé par une petite aquarelle représentant le vin de Porto de l'Anglais coulant sous la porte et effleurant la mule de la jeune femme. Il existe de cette petite aqua-

---

(1) Parfois aussi c'étaient les belles dédicataires qui elles-mêmes se chargeaient de décorer ces raretés : le portrait peint par Mme *** pour *Mateo Falcone* n'est pas le seul exemple de ce « compagnonnage féminin » qui plaisait si fort à Mérimée. Au superbe exemplaire du *Théâtre de Clara Gazul,* décrit sous le n° 4150 du *Bulletin mensuel* de la librairie D. Morgand et Ch. Fatout (1878), était jointe, un peu arbitrairement, une lettre de l'auteur, remerciant une dame d'un dessin que lui avait inspiré *Arsène Guillot;* et M. Eudoxe Marcille possède une très belle aquarelle de Mme la duchesse Colonna (Marcello), représentant le vieux sorcier de *Djoumâne,* peinte lorsque ce récit était encore inédit.

relle trois reproductions sur bois et une à l'eau-
forte : dans *l'Indépendance belge,* où *la Cham-*
bre bleue parut tout d'abord ; dans la première
édition des *Dernières nouvelles* (encore ne l'y
trouve-t-on pas toujours), et, — à quelques
épreuves seulement, — celle que M. Alfred
Prunaire a gravée pour une édition dont il ne
subsiste que trois exemplaires de mise en
train (1) ; l'eau-forte tirée sur le titre de l'édition
in-8, imprimée à Bruxelles, a été gravée par
M. Bracquemond. C'est encore pour l'Impératrice que Mérimée avait enluminé le manuscrit
définitif de *Lokis :* « Je pense, » écrivait-il à
l'Inconnue, le 22 février 1869, « que vous trou-
verez mon ours plus présentable sous sa nouvelle forme. Quand je puis peindre, j'y fais des

---

(1) Cette édition avait été préparée par M. Ph. Burty, qui avait pris
du manuscrit une copie rigoureusement exacte, respectant jusqu'aux
bizarreries orthographiques de Mérimée ; le texte, composé à l'imprimerie Claye, reproduisait page pour page le cahier autographe et se terminait par le fac-similé du croquis et de la signature de Mérimée.
Des considérations particulières firent arrêter le tirage ; un exemplaire
offert par M. Burty à M. Paul Arnauldet, avec une lettre explicative,
s'est vendu 100 francs à la vente de ce bibliophile, faite par M. A.
Voisin (n° 636 du catalogue).

illustrations pour le donner .à l'Impératrice quand je .reviendrai. Ne croyez pas que je re- présente toutes les scènes, celle par exemple où cet ours s'oublie. » Enfin, il existerait une autre nouvelle (inédite) dont le manuscrit serait orné de vues d'Orient et de chats, vautrés dans les rues et sur les terrasses. Mérimée aimait fort ces animaux aristocratiques et élégants, qui prouvent, disait-il à M. Champ- fleury, « leur susceptibilité par leur politesse. » Mais si son crayon un peu rêche et maigre ne savait guère saisir la grâce exquise et les poses câlines que Delacroix a plus d'une fois surprises, il excel- lait à en rendre l'aspect tantôt gro- tesque, tantôt farouche : cet amusant raccourci de matou, qu'on dirait emprunté à l'album d'un fantaisiste japonais, a été jeté sur un feuil- let de croquis, ramassé par M. de Guilhermy, au Comité des arts, le 9 janvier 1849, et que je possède ; Mérimée y a éparpillé une douzaine de félins, lions et coureurs de gouttières, d'une anatomie savante ou burlesque; au bas se profile un *lacertus horribilis* de Madagascar qui aurait étonné Linné, dont le nom est invoqué par l'auteur; dans le curieux livre de M. Champfleury, on voit aussi un chat dévorant des oiseaux, copié au British Museum sur une peinture contemporaine de la XVIII° dynastie égyptienne; mais c'est là le calque rigoureux d'un document où l'archéologue a eu plus de part que l'artiste.

LA BIBLIOTHÈQUE

LA BIBLIOTHÈQUE

Il est singulier qu'avec un goût aussi déter-
miné pour le dessin, Mérimée n'ait agrémenté
aucun de ses livres suivant les us romantiques.
Les éditions originales de ses œuvres, comme
celles de Sainte-Beuve, se distinguent par l'absence de vignettes, et par leur bon aspect matériel.
« Mérimée, » a dit Poulet-Malassis (1), « aimait
les livres simples en texte dix ou onze, propor-

---

(1) *Appendice à la Bibliographie romantique* de M. Charles Asselineau, p. 289.

tionné aux vues normales et saines, éclaircis par des blancs entre les paragraphes. Le volume de *la Double méprise* est un parfait spécimen de son goût typographique. » Sa prédilection pour les beaux in-8°, tels qu'ils sortaient alors des presses de M. Henri Fournier, était manifeste. Plusieurs années après la révolution opérée dans la librairie par l'adoption du format Charpentier, il persistait à faire imprimer *Carmen* et l'*Histoire de don Pèdre* comme il l'avait fait pour *la Jacquerie* et *la Mosaïque*. C'était à peu près la seule condition qu'il exigeait de ses éditeurs; encore dut-il y renoncer, puisque *les Faux Démétrius*, les *Mélanges*, *les Deux héritages* et *les Derniers Cosaques* parurent in-18. Les planches qui accompagnent ses Voyages archéologiques ont été évidemment exécutées sur ses croquis, mais il est difficile d'y reconnaître sa main à travers cette traduction; les bois des *Instructions* du Comité des Monuments historiques auxquelles il a pris part sont dus à M. Albert Lenoir.

A deux reprises différentes et pour des mo-
tifs très dissemblables, Mérimée se donna le
luxueux plaisir de faire imprimer un ouvrage
à ses frais et selon son goût. En 1841, il son-
geait à la fois à l'Académie française et à
l'Académie des inscriptions et belles-lettres. Il
se préoccupait fort d'une trilogie qui devait
embrasser la Guerre sociale, la Conspiration
de Catilina et enfin l'histoire de César dont je
parlerai plus loin, et il était fort perplexe sur la
forme qu'il comptait donner à ce travail. «.....Je
me demande, » écrivait-il à un ami (1), « si en
faisant quelques additions et quelques retran-
chements, je ne pourrais pas publier à part un
mémoire sur la Guerre sociale, guerre assez
obscure et où j'ai porté le flambeau de la critique et de la sagacité, sans compter la blague.
Quid dicis? Faut-il l'imprimer à cent cinquante
exemplaires et la donner à mes collègues?
Faut-il la vendre à un libraire, s'il s'en trouve
un assez hardi? Faut-il l'insérer dans une

(1) Lettre inédite sans date, adressée à M. de Saulcy.

revue? Cela me tracasse et je voudrais bien
avoir votre avis avant de terminer, car, pour
chacune de ces hypothèses il y a une manière
d'écrire différente. Je vous dirai tout net que je
voudrais me faire des titres à l'Académie, mais
cependant je tâche de faire mon livre *excessi-*
vement compréhensible pour le public igno-
rant. Peut-être entre l'Académie et le public
resterai-je le cul à terre. O heureux temps où
j'écrivais des contes à dormir debout!... »

Il se décida enfin pour une publication res-
treinte et confia son manuscrit aux presses de
Firmin Didot. Le volume fut terminé en mai
1841 (1). « On n'en a tiré que cent cinquante
exemplaires, » écrivait-il à l'Inconnue en mars
1842; « papier magnifique, images, etc., etc., et
je l'ai donné aux gens qui m'ont plu. » C'était,
en effet, un fort bel in-8 de 4 feuillets non
chiffrés et 403 pages, plus 3 planches de médailles; sur la couverture en papier fort, une

(1) Il est annoncé dans le *Journal de la librairie,* du 15 de ce mois,
comme non destiné au public.

vignette anonyme représente la Louve allaitant Romulus et Remus ; sur le titre sont figurés la face et le revers d'une médaille décrite dans l'appendice consacré aux médailles italiotes. Quant aux gens qui lui plaisaient alors, c'étaient surtout les académiciens, et son *Essai,* distribué dans le monde savant, lui assura un vote favorable. Il fut élu membre de l'Académie française, le 15 mars 1843, et membre libre des Inscriptions, le 18 novembre de la même année.

C'est encore à la maison Didot que Mérimée demanda, neuf ans plus tard, le tirage de sa célèbre Notice sur Henri Beyle ; il y en avait huit que celui-ci était mort. En lui rendant à sa manière ce tardif hommage, Mérimée suppléait, disait-il, à ce qu'il n'avait pu faire à ses obsèques, où s'étaient trouvés trois amis seulement, et si mal préparés qu'aucune parole n'avait été prononcée sur la tombe. Avait-il voulu attendre que quelques-uns des personnages désignés dans cette Notice fussent morts?

Ou bien, ce qui est beaucoup plus vraisemblable, après avoir promis à Michel Lévy une étude sur Beyle pour l'édition des œuvres complètes dont il avait eu la première pensée, se réserva-t-il le plaisir de montrer son ami tel quel et sans réticences? Aucune lettre de cette époque n'est encore venue éclaircir les origines de cet épisode extrêmement curieux de sa vie littéraire.

La brochure originale a vingt pages in-8° en tout, dont un feuillet blanc, pas de titre, mais un faux titre portant au recto, en caractères anglais, les initiales H. B., et au verso : *Offert par les éditeurs à M. ......;* le titre de départ reproduit ces initiales. Au bas de la page 16, on lit : Paris, typographie de Firmin Didot, rue Jacob, 56. La véritable bizarrerie de ce tirage, c'est l'absence totale de noms propres, qui, sauf ceux de Beyle et de Jacquemont, ne sont même pas représentés par une majuscule. Mérimée prit la peine de remplir les blancs dans chacun des exemplaires dont il faisait présent aux intimes (1). Les dédicataires ne sont pas tous connus; les seuls exemplaires dont, jusqu'à ce jour, on peut signaler l'existence, sont : celui de M^mᵉ Ancelot, appartenant aujourd'hui à M. le vicomte de Spoëlberch; celui d'Armand Malitourne, qui fut acheté par un libraire, dans un lot de brochures à dix centimes, sur le quai Conti, et revendu à un riche amateur anglais; enfin celui de Sainte-Beuve, que M. Jules Troubat a cédé à l'amiable. MM. R. Colomb et de Mareste, et quelques autres amis de Beyle, furent certainement compris dans une distribution que Mérimée ne tarda pas, d'ailleurs, à interrompre : « La petite brochure que vous me demandez a été tirée à vingt-cinq exemplaires, » écrivait-il, le 12 février 1857, au bibliothécaire de Guéret [M. Bonafous]. « J'en ai distribué dix-sept à des amis intimes de M. Beyle et j'ai brûlé le reste.

(1) Dans l'exemplaire de M^mᵉ Ancelot, que M. de Spoëlberch a bien voulu me communiquer, Mérimée appelle deux fois M. *Bergonioux*, l'auditeur au Conseil d'État à qui Beyle sauva la vie pendant la retraite de Russie; sur d'autres exemplaires, et entre autres sur celui de M^mᵉ Delessert, on lit *Bergonié*, ce qui est l'orthographe réelle.

Cela est parfaitement incompréhensible pour qui n'a pas connu Beyle très particulièrement. A titre de *livre rare,* j'aurais eu du plaisir à l'offrir à la bibliothèque de Guéret, mais je n'en ai plus un seul exemplaire. » Ce n'était pas là, comme on pourrait le croire, une défaite polie : quelque temps auparavant, un ami lui avait adressé la même demande que M. Bonafous. Mérimée lui avait prêté le seul exemplaire qui lui restât, et lui avait permis d'en faire faire une copie destinée à un bibliophile. La malechance voulut que le copiste répandît l'huile de sa lampe sur cette insigne rareté. Qu'on juge du désespoir de M. G.! Il s'adressa au premier laveur de livres de Paris, M. Vigna, qui déclara le mal irréparable; il courut alors chez M. Didot le supplier de faire recomposer le texte et d'en tirer un seul exemplaire. M. Didot refusa. Ne pouvant dissimuler plus longtemps sa faute involontaire, M. G. se décida à tout avouer à Mérimée qui prit la chose comme un galant homme qu'il était, affirma que cet accident ne l'affectait nullement et n'en reparla jamais.

Cette publication clandestine l'avait exposé
d'ailleurs à d'autres ennuis. Si sûres que fussent
les mains auxquelles il l'avait confiée, il était
impossible qu'un hasard ou une indiscrétion
n'en révélât pas l'existence au monde, bien
restreint encore, mais toujours affriolé, des
curieux. Des copies de *H. B.* circulaient de
1851 à 1856 (1); communiquées à des adversaires politiques, elles devenaient une arme
contre l'auteur et contre Beyle, dont les œuvres
paraissaient alors chez Michel Lévy; et plus
d'un critique, en rendant compte de la *Correspondance inédite* de Stendhal, n'épargnait
pas les allusions à cette mystérieuse « débauche
d'athéisme », comme l'a appelée M. Armand
de Pontmartin. M. Maxime Du Camp, dans la

(1) Une de ces copies, calligraphiée sur papier de Hollande de format
petit in-8° et reliée en dos et coins de maroquin rouge par Hering,
était offerte au prix de 50 francs par *le Bibliographe alsacien* (oct.-
nov. 1863, p. 130). Une note de *l'Intermédiaire* (I, 186) dit que le
H. B. a été traduit littéralement par une revue publiée à Leipzig,
Die Grenzboten (les Messagers), en 1851 ou 1852. J'ai fait de vaines
recherches dans ces années et dans les deux suivantes pour retrouver
cette traduction.

préface des *Chants modernes* (1), flétrissait ceux qui n'avaient pas craint de calomnier l'affection de Jésus pour saint Jean, et M. Eugène Pelletan, dans un article virulent, allait jusqu'à se demander si l'auteur n'était point passible de la Cour d'assises pour excitation à la débauche, à propos de ce passage : « Un soir, à Rome, il me conta que la comtesse Cini venait de lui dire *voi* au lieu de *lei,* et me demanda s'il ne devait pas la violer ; je l'y exhortai fort (2). »

Ces dénonciations donnaient à *H. B.* une valeur vénale de plus en plus grande, et c'était à qui pourrait en parler en connaissance de cause. Mlle Rachel voulut, elle aussi, satisfaire cette curiosité ; un de ses adorateurs dénicha, non sans peine, un exemplaire qu'elle parcourut avidement : « N'est-ce que cela ? » s'écria-

(1) 1855, in-8º, p. 15.

(2) *Heures de travail,* 1854, tome I, p. 276 : « Vous l'y exhortiez fort, monsieur, vous lui donniez un mauvais conseil ; vous aviez donc oublié que ce crime est prévu par le Code pénal et puni des travaux forcés à perpétuité. »

t-elle presque aussitôt, « Voltaire en a dit bien
d'autres. J'offre le livre contre un sac de marrons glacés (1). » · J'ignore si un bibliophile
accepta l'enjeu, mais il n'aurait pas perdu au
troc. Quoi qu'il en soit, le *H. B.* de Mlle Rachel n'a pas figuré dans la vente publique de
sa bibliothèque.

Une demi-satisfaction devait être donnée aux
amateurs déçus dans leur pourchas. M. Auguste Poulet-Malassis, tout en dirigeant à
Alençon l'imprimerie de sa mère, se plaisait à
exécuter, soit d'après les articles littéraires
reproduits dans son journal, soit d'après des
pièces rares, d'élégantes plaquettes par lesquelles il préludait à cette carrière d'éditeur
dont il a si cruellement payé la gloire. Une
copie du *H. B.*, prise sur l'exemplaire offert à
Mme Gabriel Delessert, lui avait été prêtée : un
dimanche, le 10 novembre 1856, profitant du
repos canonique et de la solitude de l'atelier,
il composa, tira sur vergé et plia lui-même,

(1) *Figaro,* 21 janvier 1858; article de Jules Lecomte.

dans le format in-16 carré, trente-six exemplaires de cette rareté; il l'enrichit même de cette facétieuse indication en caractères grecs : De l'imprimerie des amis de Julien l'Apostat, la première année de la 658e olympiade, le jour

H. B.

P. M.

anniversaire de la naissance de Lucien de Samosate. Le titre, disposé suivant le modèle ci-contre, avait 10 centimètres de haut sur 8 1/2 de large.

Imprimé dans ces conditions, sans autorisation de l'auteur, sans dépôt légal, sans l'aveu même des associés de l'imprimerie, ce nouveau *H. B.* devait avoir une circulation encore plus précaire que celle de l'original. Je ne sais trop où en passèrent les exemplaires. Les amis de Malassis qui en furent gratifiés ne le conservèrent pas tous, et il n'y a aucune exagération à dire que cette seconde édition est aussi rare, quoique assurément moins précieuse, que la première. J'ignore également si Mérimée en eut connaissance.

Malassis n'était pas homme à renoncer à une idée piquante; dès qu'il fut en Belgique, il fit réimprimer par Briard, en 1864, une autre édition du *H. B.* qui se distingue de celle d'Alençon, non seulement par le format, mais par l'adjonction d'un frontispice, d'une épi‑graphe empruntée à Beyle lui-même sur le *cant,* et d'une note sur le bon ton au temps de Gresset; à la fin, l'indication abrégée : Ἐκ τῆς τύπογράφιας των του Ουλιάνου ἀποστάτου φιλῶν. Quant au titre, il faut en reproduire l'exacte teneur : H. B. par un des Quarante, avec un frontispice stupéfiant dessiné et gravé par S. P. Q. R. Eleutheropolis, l'an MDCCCLXIV de l'imposture du Nazaréen (1). Le frontispice, stupéfiant en effet, avait été inspiré à M. Félicien Rops par ce passage du texte : « Il vit, à trois pieds de lui, la plus monstrueuse pièce de conviction. » Malassis s'en tint là, cette fois; mais les spécu‑lateurs de la librairie belge ont multiplié les

---

(1) In-8o, 64 pages en tout. Tiré à 140 exemplaires numérotés et paraphés, dont 130 vergé et 10 chine.

contrefaçons : l'une d'elles, sous la même date, est reconnaissable dès la troisième ligne à cette faute : le *sceptre* d'Elpénor, pour le *spectre*. Depuis, *H. B.* a encore été réimprimé à Bruxelles et par MM. Gay.

C'est à ces éditions prohibées, d'une introduction toujours difficile et d'un prix toujours élevé, qu'il faut demander le texte *réel* de cet opuscule. La librairie Lévy a bien donné, dans les *Portraits historiques et littéraires,* la majeure partie de la notice de 1850 avant celle de 1856; mais elle n'a eu garde d'y reproduire les passages célèbres sur Dieu, Jésus, saint Jean, Napoléon et ses aides de camp, etc.; en revanche, elle a conservé la note sur le bon ton. Malassis rit beaucoup de l'honneur qu'on lui fit involontairement en confondant sa prose avec celle du seul écrivain de ce temps qui lui inspirât une admiration sans réserve.

Mérimée a fait partie de la Société des bibliophiles français, en remplacement de M. de Chateaugiron, depuis le 26 janvier 1847 jusqu'à sa mort, mais il n'a pris part que deux fois aux travaux de cette compagnie. Dans le volume de *Mélanges de littérature et d'histoire* de 1850, il fit précéder d'une courte notice le fragment d'un missel du xvᵉ siècle, provenant des marchands d'étoffes et peintres de Perpignan, que lui avait communiqué M. Jaubert de Passa; lors de la publication du *Voyage de Lister à Paris en 1698,* traduit par M. Ernest de Sermizelles, ce fut sur son conseil qu'on y joignit des extraits des Voyages d'Evelyn en France de 1648 à 1661. « Il a été en France sous le règne de Charles Iᵉʳ et en est revenu sous Cromwell, » écrivait-il à M. le baron J. Pichon, le 1ᵉʳ septembre 1869. « Il était jacobite, *mais* homme de bon sens et de bonne compagnie. Cela pourrait faire une vingtaine de pages qui auraient pu être placées en tête du Voyage de Lister. Evelyn raconte, entre autres choses, comment on le mena voir donner la question, ce qui semble prouver que, du temps de Racine, un Dandin pouvait fort bien pro-

poser à une dame cette partie de plaisir. Si vous
n'avez pas *Evelyn's diary* dans votre bibliothèque, vous avez tort. Il était très amateur
d'art et de ce que les Anglais appellent *vertu,*
et son livre contient de très bons renseignements sur tous les cabinets de France et d'Angleterre au dix-septième siècle. Je vous livre
ma proposition.... » Elle fut acceptée, mais
Mérimée n'en vit pas le résultat, car le *Voyage
de Lister* ne parut qu'en 1873.

Il s'était plusieurs fois chargé de commander
les repas annuels de la Société. Une lettre à
l'Inconnue le montre, au lendemain des journées
de juin, dans l'exercice de ses délicates fonctions.
« Je suis allé hier à Saint-Germain pour commander le dîner de la Société des bibliophiles.
J'ai trouvé un cuisinier très capable et surtout
éloquent. Il m'a dit que c'était à tort que tant
de gens se faisaient un fantôme des artichauts
à la barigoule et il a compris tout de suite les
plats les plus fantastiques que je lui ai pro-
posés » (9 juillet 1848). Il tenait fort à l'exacti-

tude à ces réunions; dans un très joli billet à
Auguste Le Prévost (1), il le menace, s'il manque
à l'une d'elles, de le tenir pour bibliophile félon
et de demander qu'on invente quelque supplice
à son égard, « comme d'imprimer son exemplaire sur papier gris ou d'y insérer plus d'*y* que
ses opinions n'en comportent » (20 mars 1851).

Mais il devait rendre aux amateurs de beaux
et bons livres d'autres services que de faire bien
dîner un petit nombre d'entre eux. M. Taschereau lui avait présenté Pierre Jannet; aussi
fut-il un des premiers érudits auxquels celui-ci
s'adressa quand il conçut le plan de la Bibliothèque elzévirienne. Mérimée accepta de
réviser et d'annoter les *Aventures du baron
de Fœneste*, d'Agrippa d'Aubigné, et plus
tard il entreprit, avec M. Louis Lacour, une
édition des œuvres de Branthôme pour laquelle
il écrivit la notice et laissa des notes qui,
heureusement, ont été conservées. Je dois à

(1) Communiqué par M. Pr. Blanchemain à la *Gazette anecdotique*
(15 avril 1878), ainsi qu'une lettre au même sur le coup d'État du
2 décembre.

l'obligeance de M. Pierre Laffitte·, exécuteur testamentaire de Jannet, de pouvoir placer sous les yeux du lecteur les passages les plus intéressants des lettres et des billets écrits par Mérimée au sujet de ces deux publications. La plupart ne sont point datés.

« .... Je viens de recevoir d'un M. Brémond d'Ars des notes sur Fœneste. Elles sont un peu légères, mais il y en a quelques-unes qui concernent des familles du Poitou qui vaudront la peine d'être ajoutées.

» Ce colonel Tronchin (1) est un vieux·huguenot qui n'entend pas raison à ce qu'il paraît. Veuillez l'assurer que je suis réformé et très réformé et que je ne fais des notes à d'Aubigné qu'en vue de faire de la peine à la bête de l'Apocalypse. » (Dimanche soir.)

(Mercredi soir, 8 novembre 1854.) « J'ai reçu votre joli volume dont je vous remercie beaucoup. Je ne saurais vous dire quel est le papier

(1) Alors propriétaire du château de Bessinges, près de Genève, où sont conservés, avec bien d'autres richesses littéraires et historiques, les manuscrits autographes de d'Aubigné.

des autres, car Otmann les a tant battus qu'ils
me paraissent minces. Si vous vouliez bien venir
déjeuner avec moi dimanche, vous décideriez la
question et aussi une autre bien plus grave.
Mes commentaires sur Fœneste vont augmentant d'une façon alarmante, et je voudrais vous
consulter à cet égard. Je n'ai pas encore achevé
la quatrième partie qui est la plus difficile, je
crains même qu'elle ne soit *impossible*. Je vous
propose dimanche et onze heures, parce que je
vous crois assez bon chrétien pour ne rien faire
ce jour-là. »

(Mardi 1er mai.) « Ne vaudrait-il pas mieux,
vu la mauvaise forme de vos italiques, imprimer
Fœneste ?

» En haut des pages on a mis *Avantures* et
sur le titre *aventures*.

» Dans l'édition sur laquelle on imprime, les
mots pour lesquels il y a une note de Le Duchat
sont répétés au commencement de cette note.
Cela me semble inutile, et je pense qu'il vaut
mieux les supprimer.

» Aimez-vous beaucoup les fleurons en haut des chapitres? Je crois que c'est une imitation des Elzévirs, mais je ne les aime pas trop. Ne pourrait-on pas en avoir de plus élégants, s'il faut absolument en mettre?

» Avez-vous une idée arrêtée sur la grave question de savoir si l'on doit écrire les pluriels des mots en *ent* avec un T ou sans : amusements ou amusemens? Si vous avez une opinion à cet égard, ne faudrait-il pas rétablir l'uniformité dans le texte? Pourtant Fœneste doit dire : amusem*ens*, car au singulier il fait sonner l'N et non le T. »

(Jeudi.) « Faites, je vous en prie, tous les changements d'orthographe que vous jugerez bons. Je suis tout à fait incompétent, comme aussi en matière de vignettes.

» J'appellerai votre attention sur la question suivante : doit-on écrire le baron *des Ousches*, M. *la Fleur*, etc., ou bien : *Des Ousches, La Fleur?* Faites là-dessus ce qui vous semblera le mieux.

» Je vous demanderai de vouloir bien m'envoyer la préface pour y faire quelques corrections et additions...

» Il y a quinze jours que M. Chabrier, des Archives, me lanterne pour m'envoyer un renseignement que je lui ai demandé sur le vertueux seigneur de la Rocheboisseau. J'ai trouvé à la Préfecture de police qu'il avait été décapité en effigie pour avoir tué sa femme.

» J'espère que votre grippe est passée. Quand vous serez mieux, voulez-vous déjeuner un jour avec M. Vera pour parler des livres espagnols ? »

(Lundi soir.) « Monsieur,

» Du reste je soumets mes lumières aux vôtres.

» Cependant :

» — Il y a dans toutes les éditions *estrière*, c'est-à-dire *estrivière*, la courroie munie d'une boucle qui tient l'étrier.

» — Je conviens que j'ai rapproché les Pyrénées un peu trop. Approuvez-vous la correction page 29 ?

» — La botte mise, page 15, excellent.

» Toutes les éditions donnent page 23 : « On ne l'appelle pas monsieur le duc. » — Je propose de ponctuer : « ... l'appelle pas, monsieur le duc, autrement » ou si vous l'aimez mieux : ... l'appelle pas — M. le duc ?

» Une édition in-8° de 1617 donne « nous nous boûtames courage », page 25. La bonne petite édition in-12, comme vous l'avez deviné, donne : nous boutâmes, ce qui est la bonne leçon.

» Même page :

» Nous nous en étions fait pour notre argent. » J'ai compris : Nous nous en étions donné, mais vous avez peut-être raison. Au reste, peut-être vaut-il mieux proposer les deux traductions ?

» Quant à *Poue,* c'est pour moi *Poue!* interjection. Si Fœneste voulait dire *par la teste,* il dirait (je crois) *pe lou cap* ou *per lou cap* ou *plou cap.* Au reste, je suis bien hardi, étant *Francimant,* de vouloir en remontrer à un

Gascon. Décidez en cela comme tout le reste.

» P. S. Je viens de parcourir l'édition de 1617 in-12 et je trouve une fois *Po cap Saint-Mam-moulin*, ce qui me confirme dans mon idée que c'est une interjection, comme notre·bah !.de nous autres galatayafes (1) francimantisans. »

(Lundi soir.) « … Il me semble qu'on peut bien dire *Édition de Ratisbonne*, puisque c'est Ratisbonne qu'on lit sur le titre. J'ai mis, pour faire plaisir aux bibliomanes comme vous, Bruxelles, Foppens. Es-tu content, Coucy ?

» J'ai changé, p. 231, la phrase relative à Richelieu. Il me semble qu'on ne l'a jamais accusé d'être sodomite.

» Ne pensez-vous pas qu'il vaut mieux supprimer la citation du père Lacordaire, p. 263, note? Relisez et faites pour le mieux. »

Cette citation a disparu en effet du texte définitif et il serait assez difficile de retrouver le

(1) Mérimée, et avant lui Le Duchat, n'ont pu déterminer le sens de ce mot qu'on lit p. 24 de l'édition de Jannet. Mérimée avance que c'est peut-être la corruption de l'espagnol *gaçafaton*, grosse bêtise, dont les contemporains de Fœneste avaient fait un adjectif. M. Littré l'a passé sous silence.

passage dans les œuvres du dominicain; mais ce sacrifice coûtait à Mérimée, qui écrivait à Jannet, le mardi 26 juin : « Si vous ne trouvez pas assez de texte pour remplacer le sermon du P. Lacordaire, on mettra les noms des personnages du dialogue de Lucien en vedette (1). Toute réflexion faite, il serait peut-être bon de tirer une demi-douzaine de cartons pour faire un livre rare pour les ventes qui auront lieu vers 1950. » Ce projet n'eut pas de suite, que je sache. Dans le même billet, Mérimée, après avoir invité Jannet à dîner avec M. About, à qui il le chargeait de faire parvenir cette invitation, ajoutait ce post-scriptum : « Dans le cas où lundi ne vous conviendrait pas, prenez le jour qui vous ira et changez sur la lettre à M. About en me prévenant. »

Ces extraits suffiront à prouver quels scrupules de bibliophile et de linguiste arrêtaient Mérimée et avec quelle bonne foi il s'en

---

(1) Il s'agit de l'argument dit du *Crocodile,* rappelé par Lucien dans ses *Philosophes aux enchères.*

confessait à un éditeur, très capable lui-même
de les calmer. Les *Aventures du baron de
Fœneste* sont, au reste, un des volumes qui
font le plus honneur à la Bibliothèque elzévirienne, malgré les erreurs qu'y a relevées
M. Ludovic Lalanne, un critique singulière-
ment sévère, parce qu'il est armé de toutes
pièces (1). Aussi, Jannet demanda-t-il sans
désemparer à Mérimée un nouveau travail :
il s'agissait cette fois d'une édition des Œuvres
complètes de Branthôme, dont le texte avait
été collationné par un jeune paléographe qui
avait déjà fait ses preuves, M. Louis Lacour.
Le travail fut commencé avec une ardeur
égale de part et d'autre au lendemain même
de la publication de *Fœneste*. « Mon cher
Monsieur, » écrivait Mérimée à Jannet, le 9 décembre 1855, « M. Lacour vient demain déjeuner
chez moi pour causer de la façon dont les notes
doivent être faites. Il me semble que, comme
intéressé dans la question, vous devriez bien

(1) *L'Athenæum Français*, 28 juillet 1855.

déjeuner avec nous. Je vous attendrai jusqu'à
11 heures un quart et pour ce quart d'heure-là
ne vous donnez pas la peine de répondre. D'un
autre côté, si vous venez, rappelez-vous que
vous me devez un 4° volume du *Vieux Théâtre
Français;* je vous le demande d'autant plus
volontiers qu'on le dit rempli de traits contre
les mœurs. » Ce ne fut toutefois qu'au bout de
plus de deux ans (en septembre 1858) que parut
le premier volume des œuvres du sieur de
Bourdeille ; le retard venait sans doute de
Mérimée lui-même : «J'ai une vie de Branthôme
à faire, » écrit-il à l'Inconnue, le 8 septembre
1857; « j'ai une grande quantité de choses témé-
raires à dire. Je m'amuse à en retourner les
phrases dans ma tête ; mais le courage me
manque lorsqu'il s'agit de quitter mon fauteuil
pour aller les écrire. » Cette notice a été reproduite depuis dans les *Portraits historiques
et littéraires;* M. Lacour en possède le manuscrit autographe, de la plus belle écriture de
Mérimée, presque sans ratures et sur un su-

perbe papier anglais bleuté de format in-folio.
Il a également conservé les notes écrites sur des
fichets séparés et qui sont disséminées dans les
divers tomes de l'édition; interrompue en 1859,
au troisième volume, elle n'a été reprise qu'en
1875, et poussée jusqu'au sixième. Toutes
sortes de difficultés étaient survenues pendant
l'impression de l'ouvrage : M. Lacour, détourné
par d'autres travaux, n'avait pu donner tous
ses soins au Branthôme, et Mérimée, dont la
santé exigeait dès lors un séjour annuel dans le
Midi, n'y prenait plus le même intérêt; enfin
Jannet lui-même, obligé de céder la Bibliothèque
elzévirienne, après la mort de son principal
bailleur de fonds, quittait momentanément
la librairie, pour se réfugier dans cette
grande maison du boulevard Jourdan, à Mont-
rouge, où il se livrait à l'élève des poules et des
faisans et où il devait être emporté par un mal
implacable, le 23 novembre 1870. Mérimée lui
écrivait de Cannes le 6 février (1860) : « M. Pelletier m'avait déjà appris quelque chose de

votre histoire; vous ne m'en dites guère davantage, mais seulement assez pour me faire beaucoup de peine. Je suis désolé de cette affaire,
d'abord pour vous, puis pour tout le monde
qui y perdra. Quant à Branthôme, je me console très facilement. Je n'ai pas besoin de vous
dire que mes notes sont votre propriété personnelle et qu'elles vous offriront d'excellentes al-
lumettes si elles sont roulées *secundum artem.*

» Je ne puis croire cependant que vous ne
continuiez pas à édifier le monde savant par des
ouvrages moraux. Si vous n'imprimez pas ceux
des autres, pourquoi n'en feriez-vous pas qu'on
imprimerait ?

» Pourquoi ne raconteriez-vous pas au public
vos tribulations dans le même style que la
notice qui accompagne le poème de Blancheflor (1)?

» Je suis ici pour une quinzaine de jours;
dès que je serai à Paris, j'irai vous relancer

(1) Allusion à la querelle de Jannet et de M. Edélestand Du Méril, qui
lui avait fourni une édition de *Floire et Blanchefor,* dont les commentaires étaient presque aussi longs que le texte lui-même. Cette

parmi vos poules, et j'espère vous y trouver fier comme un coq. »

Et, en effet, le 18 juin 1860, en le remerciant des nouveaux volumes qu'il lui avait envoyés (probablement les derniers publiés), il ajoutait : « Il est donc impossible de vous trouver ailleurs que dans vos fortifications ? Ne venez-vous jamais à Paris ? Si vous y venez, soyez assez aimable pour m'écrire un mot d'avance et déjeuner avec moi. Je dis *d'avance* pour deux raisons : 1° pour qu'il y ait une côtelette ; 2° parce que si j'étais victimé par une commission, comme cela m'arrive quelquefois, je vous prierais de remettre à un autre jour votre bonne intention. »

Cette lettre est la dernière du dossier dans l'ordre chronologique, mais je ne le refermerai pas sans citer ces deux autres billets vraisemblablement écrits tous deux en 1857, et qui

querelle se termina devant les tribunaux, qui donnèrent tort au spirituel et irascible libraire ; il avait fait imprimer une *Note pour P. Jannet* (s. d., in-16, 36 pages), distribuée avec le volume même ; c'est de ce pamphlet, plein de verve et de savoir, que Mérimée veut parler.

font voir aussi bien la perpétuelle obligeance
de Mérimée que son ironie toujours en éveil; le
second se termine par un vœu féroce, digne
d'un bibliophile exaspéré :

(21 avril.) « Cher Monsieur, l'embarras n'est
pas dans les titres du postulant, qui en a plus
qu'il n'en faut, mais dans le peu de crédit de
votre serviteur auprès du ministre qu'il faut. Ce
ministre est celui des cultes et de l'instruction
publique que je n'ai vu qu'une fois, et à qui
j'ai écrit des duretés pour un motif que je vous
conterai. J'ai chance cependant de le voir avant
le 15 août, et je lui parlerai. M'écoutera-t-il?
Nous verrons. Ce qu'il y a de plus mauvais,
c'est qu'il a un conseil de l'instruction publique
composé de chimistes et de catholiques qui lui
fournissent des candidats. Je ferai de mon
mieux, je ne puis vous dire autre chose.

» Je fus brûlé à Grasse, l'autre jour, avec
Thiers, Lamartine et Cousin, dans la personne
de mes œuvres, à la suite d'une mission, ce
qui m'inquiète pour l'avenir. Je me console en

pensant que c'est peut-être une manœuvre de librairie pour écouler mes ouvrages.

» Je vous dénonce vos imprimeurs de chine qui ne laissent pas de marges et je me recommande à vous pour les tomes 7 et 8, peut-être 9 de l'*Ancien Théâtre-Français*, non chine. »

Vendredi, 29 mai.

« Mon cher Monsieur,

» J'ai essayé deux fois inutilement de joindre M. de Kisselef (je lui parle dans le monde, mais je ne vais pas chez lui). Je n'ai pas encore pu l'attraper. Ce que je voudrais bien savoir, c'est ce que vous voulez du Grand-Duc. On dit qu'il est fort indifférent en matière de livres et qu'il ne lit que les mauvais.

» N'aimeriez-vous pas mieux que je fisse une tentative pour faire parvenir le précieux volume à S. M. l'empereur Alexandre? Je connais son aide de camp de confiance, M. de Tolstoï qui, à ma prière, lui remettra ce livre. La conséquence sera qu'un cosaque, ayant un nom en of, vous dira que S. M. a reçu votre livre, mais

7

peut-être M. de Tolstoï dira-t-il à ses compa-
triotes qui savent lire que vous êtes le premier
des imprimeurs. Dites-moi ce que je dois faire.

» Mon relieur, qui ne vaut pas le vôtre, dit
que vos chines sont trop courts, que vos bro-
cheuses y mettent trop de petits cailloux et de
têtes de mouches, qu'il y a des feuilles trans-
posées, etc. Le monde ne respirera que lorsqu'il y aura un relieur pendu. »

Un bout de papier griffonné par Jannet est
joint à ces lettres. C'est le relevé rapide des
livres qu'il avait remis à Mérimée ; je le déchiffre
tant bien que mal ; il a son intérêt aujourd'hui
que tous ces beaux exemplaires ne sont même
plus des cendres.

Sur chine, Mérimée avait reçu : *Anciennes
poésies françaises* (2 vol.); *Variétés historiques
et littéraires* (3 vol.); *Œuvres choisies* (de
Senecé ?); *Mémoires de la marquise de Cour-
celles; Morlini Novellæ ; Aventures du baron
de Fœneste ; Gérard de Rossillon; l'Internelle
consolacion ;* sur papier ordinaire : *Ancien*

Théâtre-Français (6 vol. reliés); *Hitopadesa;
les Caquets de l'accouchée* (cartonnés); *les
Évangiles des quenouilles, le Livre des peintres,
Mémoires de l'Académie de peinture, l'Histoire
notable de la Floride, la Fabrique des excel-
lents traits de vérité* (reliés); *Don Juan de
Vargas,* etc.

C'était là, sans doute, une bien faible partie
d'une bibliothèque rassemblée pendant quarante ans et qui devait être léguée à l'Institut;
mais qui pourrait dire aujourd'hui ce qu'elle
contenait? Deux brèves et vagues mentions dans
la *Revue anecdotique* (1859) et dans l'*Annuaire
du Bibliophile* de M. Louis Lacour (1860) ne
suffisent pas pour en reconstituer la physionomie. Je ne connais qu'un seul ouvrage qui ait
échappé à ce désastre : un catalogue à prix
marqués de M. A. Chossonery (octobre 1876,
nº 840) annonçait au prix de 40 francs un
exemplaire des *Souvenirs et Mémoires* de la
comtesse Merlin (édition originale, Charpentier,
1836, 4 vol. in-8) cartonné en papier moiré à

filets par Simier, orné du chiffre de Prosper Mérimée sur les plats et d'un envoi d'auteur sur la garde du deuxième volume. Peut-être la comtesse Merlin l'avait-elle fait relier ainsi elle-même avant de l'offrir à Mérimée, qui parfois se donnait un luxe tout semblable en pareille occurrence. Je possède un exemplaire du *Voyage en Auvergne* fort convenablement relié en veau fauve avec pièce noire et tranches jaspées qu'il adressa tel quel à un artiste, M. Eugène Forest, en échange d'une vue de Nuremberg que celui-ci l'avait prié d'accepter.

Malgré le soin qu'il avait de ses livres, Mérimée n'était pas cependant bibliophile au sens réel du mot : jamais on ne le vit se passionner pour un exemplaire de condition exceptionnelle ou pour une édition rare, et s'il entrait chez un des grands libraires de curiosités, c'était pour accompagner M. Pichon ou M. Cousin. Un employé à la bibliothèque de l'Institut, M. Dumont, était chargé de ses acquisitions, assez peu fréquentes, dans les ventes publiques; encore Mérimée ne lui permettait-il de dépasser la commission fixée que pour un seul motif : il tenait beaucoup à posséder un ou plusieurs volumes ayant appartenu aux amateurs avec qui il avait été lié; son choix fait, il n'épargnait rien pour se procurer ce souvenir : sentiment très délicat et tout à l'honneur de ce caractère tant calomnié.

C'est encore aux *Lettres à une Inconnue* qu'il faut demander quelques renseignements sur les achats qu'il faisait de loin en loin : nous y voyons Mérimée charger son amie, alors à Venise, de lui rapporter un livre de l'imprimerie al-dine (1). Trois autres citations sont encore bonnes à emprunter au même recueil. « J'irai à Tolède pour y chercher de vieux livres dans une vente qu'on m'annonce (21 octobre 1859); » peut-être vinrent-ils prendre place parmi ces in-4° espagnols et russes qui occupaient le premier

(1) « Si vous trouvez à Venise un vieux livre latin, quel qu'il soit, de l'imprimerie des Aldes, grand de marge, qui ne coûte pas trop cher, achetez-le moi. Vous le reconnaîtrez aux caractères italiques et à la marque, qui est une licorne avec un dauphin qui s'y tortille. » (8 septembre 1857.)

rang dans sa bibliothèque. « Je me suis donné
mes étrennes à moi-même, il y a deux jours,
chez Potier. J'ai acheté quelques très beaux
livres et d'autres modernes très bien reliés.
Avez-vous lu les *Mémoires de Hollande* attri-
bués à Mme de La-Fayette? Cela m'a fort amusé.
Je vous le prêterai sur dépôt à votre retour;
cela est relié par Bauzonnet » (4 avril 1860).
« J'ai acheté pour me consoler les vingt-sept
volumes des *Mémoires du XVIIIe siècle* que
je vais faire relier » (24 juin 1866).

Mériméé habitait, depuis la mort de sa mère,
un appartement situé au second étage du n° 52
de la rue de Lille, formant un des angles de son
point d'intersection avec la rue du Bac; la maison appartenait à M. Fresnel, inspecteur général
des ponts et chaussées en retraite, mort avant
la guerre et cousin de Mérimée. Cet appartement comprenait un petit vestibule s'ouvrant
sur la salle à manger; très obscure, qui donnait
accès à la bibliothèque, derrière laquelle était
située la chambre à coucher. La bibliothèque

était elle-même auparavant une première chambre dont l'alcôve était garnie de sofas et ornée de tableaux, particulièrement d'études de Mérimée père d'après Rubens; deux fenêtres prises sur la rue de Lille éclairaient les livres entassés un peu partout; sur la cheminée située à droite se dressait une couple d'admirables cornets du Japon d'un mètre de hauteur; en face de la cheminée une très belle table de travail en bois de rose avec cuivres dorés et ciselés et deux vastes fauteuils, l'un très bas et recouvert de basane, où s'asseyait Mérimée le plus souvent drapé dans sa robe de chambre d'étoffe persane : tels étaient les principaux détails de l'ameublement de cette pièce. Aux murs de la salle à manger étaient suspendus quelques tableaux de l'école espagnole et des gravures anglaises. Dans la chambre à coucher une place d'honneur était réservée à *l'Innocence nourrissant un serpent;* le seul tableau moderne dont le souvenir nous ait été conservé est une copie des *Fileuses* de Velasquez, offerte par M. Alexandre Colin.

Quand la souffrance, les voyages, les relations épistolaires laissaient quelque loisir à Mérimée, il travaillait toujours et le plus souvent la nuit. Il achevait à peine sa grande étude sur Don Quichotte (1), dont il revoyait les épreuves avec une attention minutieuse; il révisait et annotait les premières pages d'une édition des *Tragiques* de d'Aubigné; le texte en avait été pour la première fois conféré sur le manuscrit autographe par M. Ch. Read; le colonel Tronchin, « le vieux huguenot » à qui Mérimée tenait à faire savoir, en 1855, qu'il était « réformé et très réformé », était mort, et les archives de Bessinges s'entr'ouvraient enfin à des coreligionnaires érudits. Le poète délicat de *Séméia* et de *l'Elkovan,* M. Édouard Grenier, qui habitait l'appartement situé au-dessus de celui de Mérimée et qui, chaque matin, venait prendre de ses nouvelles, le voyant embarrassé par les difficultés prosodiques des vers rugueux et

(1) Pour la traduction de M. Lucien Biart (Hetzel, 1878, 4 vol. in-18).

incorrects du compagnon d'Henri IV, lui
proposait parfois des variantes fort plausibles,
qu'il avait l'honneur de voir accepter avec
reconnaissance. Au moment où éclata la guerre,
cinquante-six pages seulement des *Tragiques*
étaient tirées; les notes que Mérimée réser-
vait pour la fin n'avaient pas été remises à
M. Jouaust, et quand, en 1872, M. Read
acheva l'édition, les matériaux qu'il avait accu-
mulés sur d'Aubigné dans son cabinet de
l'avenue Victoria n'étaient plus, eux aussi,
qu'une pincée de poussière noire.

Le 23 mai 1871, à trois reprises différentes,
le nº 52 de la rue de Lille fut aspergé de pétrole;
l'incendie, nourri encore par les marchandises
d'un magasin d'épicerie, ne tarda pas à se
confondre avec le brasier que formait au même
moment la Caisse des dépôts et consignations.
L'heure n'est pas venue de rechercher s'il ne
faut accuser de cette dévastation que l'aveugle
hasard et si la situation topographique de cette
maison fut la véritable cause de sa ruine. Les

pertes furent irréparables; quand on put fouiller les décombres encore chauds, M. Edmond du Sommerard, exécuteur testamentaire de Mérimée, retrouva seulement les fragments d'une pipe turque qu'il se souvenait de lui avoir vu fumer volontiers; c'était, avec les valeurs et l'argenterie déposées chez lui en septembre 1870, tout ce qui restait de la succession. Un bronze antique représentant un jeune faune jouant avec sa queue, tout exfolié par la chaleur de la fournaise, mais gardant encore sa grâce exquise, est conservé par M. Édouard Grenier, qui le tenait de Mérimée, à côté du buste de leur ami commun, Alexandre Bixio, et d'une coupe en bronze du Japon, seules épaves qu'il ait arrachées à son propre désastre.

Les journaux d'alors et M. Read lui-même, dans la préface des *Tragiques,* ont déploré la perte des manuscrits de Stendhal et de Jacquemont qu'aurait possédés Mérimée : le fait est

PROSPER

MÉRIMÉE

SES PORTRAITS SES DESSINS

SA BIBLIOTHÈQUE

heureusement plus que douteux : les premiers
ont été légués à la Bibliothèque de Grenoble par
M. Crozet; les seconds ont été rendus à la
famille du voyageur après l'impression de son
Journal, dont Mérimée avait en partie revu les
épreuves. « J'ai la mauvaise habitude de brûler
les lettres pour ne pas compromettre les belles
dames, » écrivait celui-ci à Sainte-Beuve(1), qui
se plaignait sans doute de ne rencontrer dans
la *Correspondance inédite* de Stendhal que
deux lettres adressées à Mérimée; il avait fait
le même aveu à l'Inconnue (1er juin 1852), et,
sur ce point, il faut l'en croire; mais quoiqu'il
affectât de n'attacher aucune valeur aux autographes qu'il expédiait parfois à Requien, bien
peu ont un intérêt réel parmi ceux dont il enri-
chissait les portefeuilles du curieux Avignon-
nais; Requien dut faire plus d'une fois aussi
quelques échanges, car les « chiffons » annoncés
par Mérimée ne se retrouvent pas tous au musée Calvet. Le catalogue de la vente Dubois-

(1) Lettre inédite, déjà citée, appartenant à M. de Spoëlberch.

Fresnel (26 février 1876) prouve du reste que
ces générosités lui étaient familières. Quand
même il se serait montré aussi libéral envers
quelques autres amateurs, les cartons de la rue
de Lille n'en devaient pas moins renfermer
d'inappréciables curiosités. Ce qu'il faut encore à jamais regretter, ce ne sont pas seulement les notes, les fragments, les brouillons,
que Mérimée, plus que tout autre écrivain,
devait laisser et qui auraient peut-être révélé
le secret de sa laborieuse perfection : c'est
toute la première partie d'un livre auquel il
avait travaillé avec passion et dont la seconde
moitié existe seule, sans qu'il soit permis d'es-
pérer encore sa prochaine publication ; il avait
depuis longtemps terminé et même recopié de
sa main une *Histoire de César,* et il l'avait
communiquée à Napoléon III. On retrouva aux
Tuileries, après le 4 septembre, les chapitres
qui embrassaient la vie du dictateur depuis le
passage du Rubicon jusqu'à son assassinat.
Déposé à la Bibliothèque nationale, où il fut

permis à M. de Loménie de le parcourir, ce manuscrit a été depuis rendu au liquidateur de la
liste civile (1), ainsi qu'une lettre à l'empereur
(4 décembre 1861) sur diverses recherches re-
latives à César, une note sur la division du
temps chez les Romains, et une autre note sur
la forme des trirèmes, accompagnée d'un dessin
de M. Viollet-le-Duc. Si soucieux qu'il fût de
plaire au « bourgeois, » Mérimée dut éprouver
quelque dépit secret à voir réduit ainsi à l'état
de simple *memorandum* un travail dont il avait
songé pendant plusieurs années à faire son
« maître livre » et qui, dans sa pensée, devait,
avec *Catilina* et *la Guerre sociale,* lui ouvrir
les portes de l'Institut. Il écrivait à Requien, le
25 octobre 1838 : « Avez-vous entendu parler

(1) J'adopte ici, sans pouvoir les confirmer sur aucun point, les dires
de M. de Loménie dans son discours de réception (p. 32 de l'édition
in-8 et note). Ni le rapport de M. Jules Soury chargé de dépouiller
les papiers concernant l'histoire de César retrouvés aux Tuileries
(V. *Journal officiel,* 11 nov. 1870), ni le procès-verbal de remise de
ces papiers par la Bibliothèque au liquidateur de la liste civile, ni les
souvenirs personnels de ce fonctionnaire ne m'ont permis de retrouver
la trace de ce manuscrit; il n'a pas été non plus déposé aux Archives
nationales par MM. Lalanne, Bordier et Gagneur, avec les pièces publiées par la commission.

d'un nommé Jules César, lequel *fut fait mou-rir* l'an de grâce 44 ? J'écris la vie de ce drôle-là qui, comme feu M. de Robespierre, n'est point encore jugé. Je vous vois ouvrir de grands yeux, si vous ne riez pas dans votre véné-rable barbe. Que voulez-vous ? Je suis cuistre par profession et je commence à le devenir par goût : tant de gens qui m'ennuient se sont jetés à corps perdu sur le moyen âge qu'ils m'en ont dégoûté. C'est comme manger après les harpies qui, comme vous savez, faisaient caca sur la nappe... » Un voyage en Italie l'année suivante lui permit de recueillir sur place de nouveaux matériaux. « L'homme pro-pose et Dieu dispose, » écrivait-il de Rome au même, le 15 octobre 1839. « Je ne comptais pas voir Rome, et je me suis laissé entraîner par M. Beyle. J'en suis on ne peut plus con-tent (je dis de Rome). Mais il y a tant de choses à voir qu'on s'y extermine. La fatigue des jambes n'est rien auprès de celle qu'on éprouve à voir quarante mille belles choses en une ma-

tinée. » Dès son retour, la révolte des esclaves
et le rapport sur les monuments de la Corse
absorbaient tous ses instants. « J'ai travaillé
comme un âne rouge, » écrit-il à Requien, le
5 février 1840. « J'ai rédigé et copié mon Mémoire sur la Corse, et depuis quinze jours je
suis de nouveau dans les fureurs de la guerre
sociale jusqu'aux oreilles. Je crois que l'on im-
primera le Mémoire, qui fera un petit volume
avec quelques dessins de dolmens sur bois. Je
pense que cela vaudra mieux que les lithogra-
phies (1). Il n'y a plus de *Don Juan* à part (2).
Je vous enverrai la *Mosaïque* si j'en retrouve,
chose douteuse, en vous envoyant le Mémoire
sur la Corse.

» N'envoyez ni saucissons ni artichauts, à

(1) Mérimée renonça à son projet ou obtint des résultats peu satis-
faisants, car les *Notes d'un voyage en Corse* sont ornées de lithogra-
phies anonymes ; quelques-unes portent l'adresse de Lemercier,
Bénard et Cie.

(2) Énigme bibliographique dont je n'ai pas la clé. Il est très pro-
bable qu'il désignait ainsi un tirage à part des *Ames du purgatoire*
publiées d'abord dans la *Revue des Deux Mondes* du 15 août 1834,
puis dans le *Dodecaton ou le Livre des Douze* (1837, 2 vol. in-8). Mais
ce tirage fut-il fait aux frais de M. Buloz ou de Victor Magen ? Toutes
mes recherches ont été vaines.

moins que vous ne les portiez vous-même. Je
me suis mis au régime anachorétique afin de
mieux travailler. N'est-ce pas très édifiant? Au
reste, je me demande parfois le *cui bono*, car,
après tout, je suis à peu près sûr que le Raoul
Rochette prendra sa revanche en me fermant
avec fracas la porte au nez. Mais il y a des
exemples consolants qui m'empêchent de me
pendre. Il a maintenant des moustaches si ter-
ribles qu'il ferait peur à qui ne le connaîtrait
pas. » Ce moment de découragement passait
vite, et l'*Essai sur la guerre sociale* était à
peine imprimé avec un luxe sévère chez Firmin
Didot, que Mérimée revenait à César. « Je suis
très préoccupé, » écrivait-il à un de ses amis
dans une lettre datée du 18 juillet 1841, et citée
par M. de Loménie, « je suis très préoccupé d'un
volume qui comprendrait les premières années
politiques de César, période pendant laquelle sa
vie ressemble beaucoup à celle du conspirateur
que je vis l'autre jour au mont Saint-Michel (1).

(1) Barbès.

César évita le mont Saint-Michel parce qu'il avait beaucoup d'entregent; mais c'était une franche canaille à cette époque. Ce diable d'homme a toujours été en se perfectionnant. Il serait devenu honnête homme si on l'eût laissé vivre. Bref, je trouve que César n'est point encore jugé, et j'ai une terrible démangeaison. » M. Étienne lui-même, chargé de recevoir Mérimée à l'Académie française, s'écriait dans la péroraison de son discours : « Que ne devons-nous pas attendre de cette histoire du conquérant des Gaules que vous avez promise et avec laquelle vous venez de préluder avec tant de succès ! » Vain espoir, Mérimée se souvint trop du conseil que lui donnait Stendhal d'oublier pendant un an tout livre qu'on vient d'achever afin de le juger comme s'il était écrit par un autre (1). Il le laissa si bien dormir qu'il ne le publia jamais, et si les détenteurs actuels de la partie qui en subsiste se décident à la mettre en lumière, ce

(1) *Correspondance inédite*, tome II, 79, (Paris, 26 décembre 1829).

fragment rendra plus sensible encore la perte
de l'ensemble.

Pendant l'une de ses premières tournées
archéologiques, Mérimée fut exposé à un désa-
grément très inattendu et dont son honorabi-
lité aurait pu avoir fort à souffrir si elle n'avait
été respectée de tout temps par ses adversaires
politiques les plus décidés : voici ce qu'il dit à
Requien dans une lettre du 1ᵉʳ janvier 1836
dont j'ai déjà cité quelques lignes : « ... Par-
dessus le marché ces sauvages (les Bretons) ne
m'ont-ils pas persécuté dans leurs journaux,
m'accusant d'avoir enlevé d'autorité à leur pro-
vince un manuscrit d'un certain barde du
vᵉ siècle, Guin Clan, manuscrit que j'ai cher-
ché partout inutilement et dont j'ai appris
l'existence à la plupart de leurs doctes. Un
petit élève de l'École des chartes a prétendu
avoir trouvé le manuscrit, mais quand il a
fallu le montrer, il n'a pu le produire, et il
avait disparu. Je n'ai pu d'ailleurs lui faire dire
de quelle grandeur, de quelle couleur, de quels

caractères il était, et je suis convaincu qu'il ne l'avait pas vu plus que moi. Tout cela m'a donné un peu de tracas et je m'en venge dans mon rapport en traitant les cuistres bretons comme ils le méritent. »

Cette querelle, fort obscure, avait indisposé Mérimée contre l'École des chartes, et, quand il prit en mains la défense de Libri contre MM. Lalanne, Bordier et Bourquelot, ses griefs personnels envenimèrent encore, quoi qu'il en eût, l'amertume ironique de sa réponse. Aussi bien ce chapitre sur Mérimée bibliophile serait incomplet si le rôle qu'il joua dans ce procès extraordinaire n'était pas brièvement rappelé.

L'affaire elle-même, on la connaît : Guillaume-Brutus-Icilius-Timoléon de Libri-Carucci d'Alla-Sommaja, membre de l'Académie des sciences, professeur au Collège de France et à la Sorbonne, inspecteur général des bibliothèques, chevalier de la Légion d'honneur, avait été accusé plusieurs fois, sous le règne de Louis-Philippe, de détournement dans les collections publiques où ses fonctions lui donnaient accès, et M. Boucly, alors procureur du roi, avait même adressé à M. Hébert, garde des sceaux, un rapport sur les indices recueillis par une instruction secrète : ce rapport, communiqué à M. Guizot qui protégeait tout particulièrement le savant italien, fut trouvé dans son cabinet après le 24 février 1848 et publié dans le *Moniteur* du 19 mars. Libri n'avait pas attendu l'éclat du scandale : dès le 28 février, le rédacteur du bulletin scientifique du *National,* M. A. Terrien, lui avait glissé dans la main, à la séance hebdomadaire de l'Académie, un billet (dont Libri a plus tard dénaturé le sens), par lequel il le prévenait qu'un rapport le concernant avait été saisi aux Affaires étrangères et l'invitait « pour éviter à la société nouvelle des réactions qui lui répugnent » à ne plus reparaître à l'Institut. Libri quittait aussitôt ses collègues et, quelques heures après, il était à Londres. L'insertion du rapport de

M. Boucly au *Moniteur* fut suivie d'une procédure intentée par la Cour d'appel à l'accusé
contumace. Cinq experts furent désignés pour
examiner les livres et les papiers entassés dans
l'appartement qu'il occupait à la Sorbonne;
mais bientôt M. Jules Quicherat, membre de
cette commission, se retira. M. Chabaille, qui
avait travaillé aux divers catalogues des ventes
anonymes ou pseudonymes de Libri, fut re-
mercié, et MM. Bordier, Bourquelot et Lalanne
continuèrent seuls un examen minutieux, dont
les conclusions irréfutables démontraient une
culpabilité encore plus grave qu'on ne l'avait
soupçonnée.

Libri n'était pas resté inactif : de Londres,
il adressait à M. Boucly, à M. de Falloux, au
président de l'Institut de France, à M. Barthélemy Saint-Hilaire des factums où il entas-
sait, dans un désordre habile, les arguments
les plus captieux, ici faisant remonter jusqu'à
François Arago (son premier protecteur dont il
était devenu l'infatigable adversaire) l'origine

des poursuites exercées contre lui, là se représentant comme la victime de son attachement à la
personne et aux principes de M. Guizot; tantôt rappelant à tout propos les dons qu'il avait
faits ou voulu faire aux bibliothèques publiques,
tantôt affirmant, sur la foi de complaisants
témoins, que non seulement il n'avait jamais
fait gratter une estampille, mais que les re-
lieurs, chargés de restaurer ses livres, avaient
ordre de mettre de côté tous ceux qui pourraient
porter une marque quelconque. Toute une pha-
lange d'amis politiques ou privés répondait à
sa voix : M. Paul Lacroix, non content d'adresser à M. Hatton, juge d'instruction, les attes-
tations les plus solennelles en faveur de l'innocence de Libri, criblait la Bibliothèque
nationale et son administrateur, M. Naudet,
de très spirituelles épigrammes sur les livres
volés à cet établissement, ramassés sur les quais
par le caustique bibliophile et renvoyés un à
un, accompagnés d'une lettre qui amusait fort le
lecteur, mais ne lavait pas Libri de soupçons

trop justifiés ; M. Gustave Brunet, refusant de croire qu'un savant aussi illustre pût se dégrader à ce point, se livrait à d'intéressants rapprochements entre les catalogues des ventes Libri et ceux de ventes antérieures; M. Achille Jubinal, à qui la révolution venait d'enlever sa chaire à la Faculté des lettres de Montpellier, fournissait à son insu la plus forte présomption contre Libri dans une lettre à M. Lacroix sur les lacérations des manuscrits de Christine de Suède conservés à Montpellier, ou contait par le menu l'histoire de la découverte d'une lettre inédite de Montaigne ; quelques mois après, M. Feuillet de Conches soutenait contre la Bibliothèque nationale, au sujet d'une autre lettre de Montaigne, une vive polémique qui se terminait par un procès en restitution ; à l'étranger, divers savants prenaient parti pour Libri et, sans être à même d'apprécier le fond du débat, arguaient de la haute situation de l'accusé pour dénier toute autorité aux accusateurs. Les assaillants avaient beau jeu ; depuis soixante ans,

les bibliothèques publiques de Paris et des départe-
tements, ouvertes pour la plupart au public
par la Révolution, s'étaient enrichies des dé-
pouilles des maisons religieuses et de nombreux
legs, mais le chaos était né de cette abondance
de biens ; les estampilles qu'on avait négligé de
vérifier ou de frapper à nouveau, l'absence de
catalogues soigneusement rédigés et trop souvent le manque de tout inventaire, la facilité
avec laquelle les visiteurs entraient et sortaient
sans contrôle, étaient des armes que les adversaires de la Bibliothèque nationale, comme
ceux du régime républicain, ne se firent pas
faute d'employer, car ces discussions paléogra-
phiques et bibliographiques se ressentaient des
troubles du moment, et de part et d'autre, la
guerre était acharnée. Libri fut à coup sûr
le plus grand coupable, le plus audacieux,
le plus adroit aussi (car, pour beaucoup de
gens, il était autant la victime des « hommes
du *National* » que celle de la rue des Postes);
mais il expia seul les crimes commis im-

punément longtemps avant son arrivée en France.

Mérimée le connaissait de longue date ; toutefois, pendant l'instruction, il se borna à remettre en mains propres au procureur de la République une lettre de M. Libri datée du 11 novembre 1849 ; mais lorsque le jugement eut été rendu le 22 juin 1850, infligeant dix ans de réclusion à Libri et stipulant la perte de ses titres et dignités, une nouvelle croisade recommença dans le monde scientifique et dans la presse européenne en faveur de cette victime des partis. Mérimée, non sans hésitation et cédant à des mobiles plus forts que l'amitié, se décida enfin à tenter cette difficile défense. « J'ai entrepris une œuvre chevaleresque dans un premier mouvement, » écrit-il à l'Inconnue le 24 mars 1852, « et vous savez qu'il faut se garder de cela. Je m'en repens parfois. Le fond de la question, c'est qu'à force de voir des pièces justificatives sur l'affaire de Libri, j'ai eu la démonstration la plus complète de son innocence,

et je suis à faire une grande tartine dans la
Revue au sujet de son procès et de toutes les pe-
tites infamies qui s'y rattachent. Plaignez-moi ;
il n'y a que des coups à gagner à ce métier-là,
mais quelquefois on se sent si révolté par l'in-
justice qu'on devient bête. » L'article parut le
15 avril sous forme de lettre à M. Buloz : il fit
beaucoup de bruit et le méritait à tous égards.
M. de Loménie a pu dire, sans être taxé d'exagération académique, que telle de ces pages rappelait Beaumarchais ou Paul-Louis ; depuis
les mémoires contre Gœzmann et le *Pamphlet
des pamphlets,* la magistrature n'avait pas été
plus spirituellement bafouée, et si une mauvaise
cause pouvait toujours être sauvée par un bon
avocat, Libri n'aurait pas tardé à être réinté-
gré dans ses titres et fonctions. Mais les experts,
qui jusqu'alors avaient dédaigné de répondre
aux calomnies intéressées dont ils étaient l'ob-
jet, jugèrent qu'il était temps d'en finir une fois
pour toutes avec elles, et la *Revue* du 1er mai
contint leur défense, suivie de quelques obser-

vations de Mérimée. En même temps la justice, émue de ses railleries implacables, lui intentait un procès pour attaque à la chose jugée, et, le 26 mai, il s'entendit condamner par la sixième chambre, présidée par M. Lepelletier-d'Aulnay et sur le réquisitoire de M. Dupré-Lasalle, à 15 jours de prison et 1,000 francs d'amende, malgré la défense de M. Nogent-Saint-Laurens ; une autre amende de 200 francs fut infligée à M. de Mars, gérant de la *Revue des Deux Mondes,* défendu par M. Paillard de Villeneuve. Mérimée, « qui n'avait pas été nerveux du tout » à l'audience, n'en appela pas, repoussa les offres de *vendetta* que lui fit un Corse admirateur de *Colomba* qui avait assisté aux débats, et, après avoir exhalé sa bile contre les juges, se constitua prisonnier à la Conciergerie dans les premiers jours de juillet.

Il avait pour compagnon M. Bocher, condamné à un mois de prison, parce qu'on avait saisi dans sa voiture des exemplaires de la protestation des princes d'Orléans contre le décret de confiscation du 22 janvier 1852. M. de Loménie a cité ce curieux fragment d'une lettre adressée à un confrère de l'Institut, peut-être M. Charles Lenormant : « La justice me doit de la soupe et du pain de *politique,* mais je n'en profite pas. C'est le traiteur, le buvetier de Messieurs, qui me nourrit, et c'est un artiste pour le veau et les côtelettes. Outre cela, des dames charitables nous apportent des ananas, des pâtés, des marrons glacés, etc. Nous faisons du thé excellent quand notre esclave, notre co-criminel, ne boit pas l'esprit-de-vin de nos lampes. Alors c'est un jour de deuil.... J'ai vue sur le préau des prisonniers, où je vois leurs ébats, et j'entends quelques conversations édifiantes comme celle-ci : *Demande.* « Pourquoi que tu as tué ton onque? — *Réponse.* C'te bêtise! Pour avoir son argent. — *D.* Combien qu'y avait? — — *R.* 250 francs. — *D.* C'est pas gros. — *R.* Dame! je croyais qu'y avait davantage. » Ce modèle des neveux est un forçat qui vient ici comme témoin, je pense. » Mérimée supporta vaillamment sa captivité, en profita pour reprendre ses études sur la langue russe, et quand il donna, quelques mois après, son essai dramatique : *les Débuts d'un aventurier,*

 il se contenta de rappeler dans la préface qu'il avait dû, au mois de juillet précédent, passer quinze jours dans un endroit « où il jouissait d'un profond loisir et n'était nullement incommodé du soleil.« Mais sous cette involontaire réminiscence d'une phrase de Voltaire, dont M. Taine a dit : « C'est le sourire fin et discret d'un galant homme », se cachait mal une blessure profonde : Mérimée ne pardonna jamais ni aux magistrats ni aux experts le châtiment qu'il s'était attiré. Par quel étrange entêtement, par quelle bravade d'amitié impénitente se prêta-t-il, neuf ans plus tard, à de nouvelles revendications? D'abord dans un court et vif article, inséré au *Moniteur* du

1ᵉʳ août 1859, il annonça la vente de la dernière collection de livres réunis par Libri ; elle
commençait à Londres ce jour-là même. Après
avoir cité quelques-unes des merveilles énu-
mérées par le catalogue, un exemplaire d'*Athalie*
(1691) avec des corrections autographes de Racine, un volume d'airs notés offerts à Cromwell
par son maître de chapelle, John Hingston, un
almanach astrologique de 1477 avec des gravures sur cuivre, Mérimée signalait aux bibliophiles les reliures, jusqu'alors très inconnues
sur le continent, d'artistes anglais tels que John
Reynes et Joshua Cundale ; en terminant, il
félicitait Libri du tact et du flair qui lui avaient
permis de rassembler tant de raretés, mais il ne
devait pas s'en tenir là.

Mᵐᵉ Libri, qui avait fait remettre à l'empereur, le 14 novembre 1860, une pétition signée
par M. Panizzi, alors directeur du British
Museum, et par vingt-huit membres du Parlement italien, en déposa une autre au Sénat.
M. Bonjean, chargé de l'examiner, ne se con-

tenta pas d'une banale proposition d'ordre du
jour : les griefs articulés dans ce factum avec
une extrême virulence étaient tellement graves,
la validité de l'arrêt de 1850 si audacieusement
niée, les signatures, recueillies surtout à l'étranger, émanaient de savants si considérés (dont
bon nombre, il est vrai, étaient morts avant
qu'on se fût servi de leurs noms), que le rapporteur crut devoir faire à son tour l'office de
juge, et après avoir consulté à nouveau les experts, étudié tout ce qui avait été écrit pour et
contre l'accusé et soumis à une critique sévère
la procédure suivie, il lut au Sénat, le 4 juin
1861, un long rapport dont les conclusions
étaient plus sévères pour Libri que les consi-
dérants du premier jugement. Mérimée répon-
dit six jours après seulement, et ce discours
très étudié ne tint pas devant les arguments de
M. Bonjean et de M. Delangle. La cause était
perdue, et sans retour. Mérimée alla demander
aux ombrages de Fontainebleau l'oubli de ses
tribulations. Il ne s'avouait pas vaincu : « J'ai

fait tout ce que je devais faire et je recommen-
cerais la séance à propos de la pétition de
M^mo Libri, si la chose était possible (1). » Et peut-
être pensait-il à son propre dévouement quand
il écrivait, à dix ans de là, dans sa seconde notice sur Cervantès : « Malheur à qui n'a pas eu
quelques-unes des idées de Don Quichotte, à qui
n'a pas risqué d'attraper des coups de bâton ou
d'encourir le ridicule pour redresser des torts! »

Dans ces polémiques réitérées contre les
experts nommés par la République de 1848 et,
huit ans après, contre ses collègues du Sénat,
Mérimée avait tiré plus d'un argument captieux
de la similitude qui existait entre tel exemplaire
d'un livre saisi chez Libri et tel autre appartenant à la Mazarine ou à l'Arsenal; mais il ne
s'était pas joint à MM. Lacroix, Jubinal, etc.,
pour signaler le désordre inouï des bibliothèques publiques. Il ne se dissimulait pourtant
point les vices profonds de cette organisation
surannée, et, dans ses fréquents séjours à

(1) *Lettres à l'Inconnue;* 13 juin 1861.

9

Londres, il avait pu constater les progrès que le British Museum devait chaque année autant au zèle de M. Panizzi qu'à la libéralité du Parlement : lors de l'inauguration du fameux *reading-room* de Sloane street, il adressa au *Moniteur universel* (n° du 26 août 1857) une longue lettre où il décrivait tous les progrès obtenus et signalait ceux qui nous étaient encore refusés ; cette lettre ne fut certainement pas étrangère à la sollicitude que le gouvernement manifesta tout à coup pour la situation de notre grande Bibliothèque. La Commission présidée par Mérimée se composait, en outre, du général Allard, conseiller d'État, vice-président, et de MM. Lélut, membre de l'Institut ; Marchand, conseiller d'État ; Chaix d'Est-Ange, procureur général ; Lascoux, conseiller à la Cour de cassation ; Pelletier, conseiller référendaire à la Cour des comptes ; de Laborde, directeur des Archives, membre de l'Institut ; Adrien de Longpérier, conservateur aux musées du Louvre, membre de l'Institut ; de Saulcy,

membre de l'Institut; Gustave Rouland, directeur du personnel au ministère de l'instruction
publique, secrétaire.

Constituée le 19 décembre 1857, cette Commission fonctionna assez rapidement pour que,
trois mois après, le rapport rédigé par Mérimée
pût être remis à M. Rouland. Daté du 27 mars
1858 et imprimé en mai à l'Imprimerie impériale (in-4, 34 pages, sans titre), il ne fut inséré
que le 20 juillet au *Moniteur,* dont il remplit
plus de dix colonnes. Il était accompagné
du rapport du ministre à l'empereur et du décret
conforme. La Commission avait tout d'abord
proposé deux mesures auxquelles M. Rouland
refusait sa sanction et à bon droit : l'adjonction
du cabinet des estampes au musée du Louvre
et du cabinet généalogique aux archives de
l'État; le ministre faisait très judicieusement
ressortir ce qu'il y aurait de fâcheux pour les
études historiques dans ce double déplacement
que ne légitimaient ni la valeur artistique de la
plupart des documents déposés aux estampes,

ni la nature des attributions mêmes des archives. Le second chapitre fut mieux accueilli : à l'avenir les quatre départements de la Bibliothèque (imprimés et cartes, manuscrits, estampes et médailles), étaient placés sous l'autorité unique d'un administrateur général responsable, auquel seraient soumises toutes les propositions faites par les conservateurs placés sous ses ordres : ce fonctionnaire devait être logé à la Bibliothèque et ne pouvait s'absenter de Paris sans l'autorisation du ministre; son poste et ceux dont le décret fixait les titres (conservateurs sous-directeurs, conservateurs sous-directeurs adjoints, bibliothécaires, employés) étaient déclarés incompatibles avec toute autre fonction, mais cette décision ne devenait applicable qu'au fur et à mesure des extinctions. Sur la question des vacances qui, depuis tant d'années fermaient la Bibliothèque (comme elles ferment encore aujourd'hui les autres bibliothèques de Paris) pendant les seuls mois où beaucoup de travailleurs étaient libres de la fréquenter, l'avis de la

Commission et du ministre fut unanime : il fallait les supprimer et les remplacer par un roulement de congés réglés entre les employés : la quinzaine de Pâques était seule réservée au battage des livres et aux déplacements reconnus nécessaires.

Le rapport demandait ensuite la division en deux sections du département des imprimés : l'une appelée *salle publique*, ouverte à tout lecteur âgé de plus de seize ans; l'autre dite *salle de travail*, à laquelle étaient seules admises les personnes munies d'une carte d'entrée. Cette division, indiquée par la nécessité de créer une différence très légitime entre les oisifs et les gens studieux, a donné les plus heureux résultats, et dans un grand article du *Westminster Review*, traduit par la *Revue britannique*(1), l'auteur anonyme déclarait que « l'Angleterre ne possède rien qui puisse entrer en parallèle avec cette dernière, excellente et populaire création. »

(1) Août 1870, p. 289-324.

C'est encore sur le British Museum que la Commission demandait qu'on prît modèle pour la restriction du *prêt* et notamment du prêt *au dedans,* c'est-à-dire au personnel même de la Bibliothèque. Mérimée citait l'exemple de son ami Panizzi qui, logé au centre même des collections, n'avait pas le droit d'emporter un seul volume chez lui.

Désormais les heures de travail devaient être portées de cinq à six; c'est encore ce qui a lieu actuellement.

Le chapitre VIII, consacré aux acquisitions, déplorait la faiblesse des ressources de la Bibliothèque, qui l'exposait trop souvent à laisser échapper d'inappréciables raretés et l'obligeait même à discontinuer les abonnements à certains périodiques étrangers; quant aux livres publiés à Londres, Leipzig, etc., la Commission pensait que le conservateur s'en rapportait un peu trop aux libraires pour les achats; aujourd'hui encore le mal n'est qu'à demi réparé. Elle estimait qu'un crédit annuel de 150,000 francs devrait être partagé entre les quatre départements. Cette somme, qui est loin de suffire à toutes les dépenses, n'a été votée qu'en 1875 par l'Assemblée nationale ; elle a été portée, en 1876, à 200,000 francs par la Chambre et le Sénat.

La reliure, « cet art français, » mérite tous les encouragements, en même temps qu'elle est une garantie de conservation ; il importait donc que la Bibliothèque offrît aux ouvriers un travail régulier de quelque importance ; la Commission louait d'ailleurs l'exécution des cartonnages fabriqués par l'atelier spécial dont les produits étaient reconnus, à juste titre, très supérieurs à ceux du commerce.

Venait enfin la grosse question du catalogue des imprimés. Après avoir succinctement résumé les différentes tentatives faites pour arriver à débrouiller le chaos contre lequel ont lutté toutes les administrations, la Commission proposait l'ajournement de l'impression du catalogue, sauf achèvement de la lettre L (His-

toire de·France) et de la lettre T (Médecine), et
l'inscription sur registres des cartes levées pour
l'entrée de chaque volume. Mérimée préconisait
dans un renvoi et dans les conclusions du rapport, le système d'autographie donnant quatre
ou même six copies à la fois, tel qu'il est prati·
qué au British Museum ; il n'a pas été adopté
à Paris. Ce chapitre se termine par quelques
réflexions sur les vols dont la Bibliothèque
avait été si longtemps victime ; le défenseur de
Libri conseillait de frapper d'une estampille
indiquant l'année où a été classé tout livre
dont la carte a été levée. C'est en effet ce qui a
lieu.

Pour les catalogues des manuscrits, des cartes et plans et des médailles, la Commission
réclamait soit des crédits supplémentaires, soit
un personnel plus nombreux.

Depuis 1858, les plaintes de l'administration
sur l'insuffisance ou la mauvaise interprétation
du dépôt légal n'ont malheureusement pas
cessé ; tandis que dans les combles s'entassent

des réimpressions multiples de la *Journée du Chrétien* ou du *Secrétaire des amants,* nos possessions d'outre-mer et bon nombre de préfectures ne font parvenir aucun des journaux, professions de foi, etc., qu'elles devraient transmettre.

Le projet de créer pour la Bibliothèque un conseil de surveillance rappelant celui des *trustees* du British Museum n'eut pas de suite.

Parmi les modifications matérielles proposées par M. Labrouste ou par la Commission, le projet que celle-ci recommandait consistait à remplacer la grande galerie donnant sur la rue Richelieu par un bâtiment qui s'élèverait en retraite et se relierait à la partie de l'édifice qui fait face à la rue Vivienne. Les salles de lecture se seraient trouvées ainsi à portée de toutes les collections; dès cette époque, on réclamait l'acquisition et la transformation des maisons adossées à la Bibliothèque rue Vivienne et rue de l'Arcade-Colbert. En 1877 et en 1878, le même vœu était formulé par M. Barthélemy

Saint-Hilaire et par M. Édouard Lockroy, membres d'une Commission spéciale nommée par les Chambres, et les dangers d'un pareil voisinage ne sont pas encore conjurés.

Quant aux améliorations de détail, Mérimée et ses collègues s'en rapportaient à M. Labrouste, qui avait été étudier sur place l'organisation du British Museum, et ils souhaitaient de voir introduire dans le vaste dépôt de la rue Richelieu les chariots et les grues pour transporter les livres, les tapis de liège et de gutta-percha (*Camptulican*) pour assourdir les pas des visiteurs, les tuyaux acoustiques pour communiquer aux salles les plus éloignées : « Il n'y a pas, » disait-il, « de perfectionnement, si minutieux qu'il soit, qui ne puisse produire des résultats considérables. Le savant M. Panizzi, en modifiant la forme des crémaillères, a réduit les vides entre les tablettes au point de donner de la place à 60,000 nouveaux volumes. »

Deux ans plus tard, c'est encore Mérimée que M. Rouland désignait comme président et rapporteur de la Commission chargée de régler les échanges des bibliothèques. Les autres membres étaient MM. Empis, Lascoux, de Rougé, Sainte-Beuve, de Longpérier, Ravaisson, Littré, Chasles (de l'Académie des sciences), Taschereau, Silvestre de Sacy, J.-Ch. Brunet, Guessard, G. Rouland et Bellaguet, secrétaire. « Je viens de fabriquer un grand rapport sur les bibliothèques de Paris, » écrit Mérimée à l'Inconnue (1). « C'est, je crois, ce qui m'a rendu si malade. Je perds mon temps à me mêler de ce qui ne me regarde pas et on me met sur le dos toutes les affaires des autres. J'ai quelquefois bonne envie de faire un roman avant de mourir, mais tantôt le courage me manque, tantôt je suis en bonne disposition et on me donne des bêtises administratives à arranger. »

Ces *bêtises* avaient leur importance : par suite de l'arrêté ministériel du 15 novembre 1860,

(1) Lettre du 12 juillet 1860. Le Rapport, daté du 10 juillet, ne fut inséré que dans *le Moniteur* du 30 décembre. Il a été imprimé chez Paul Dupont, s. d., petit in-4, 12 pages.

les dessins, médailles, manuscrits orientaux et
livres chinois, existant à l'Arsenal, à Sainte-
Geneviève, à la Mazarine et à la Sorbonne,
revenaient à la Bibliothèque impériale (1);
les deux premiers de ces établissements devaient
également céder au cabinet des estampes les
gravures dont les *états* présentaient des diffé-
rences avec ceux qu'il possédait; en revanche,
les doubles de ce cabinet devaient passer à l'Arsenal et à Sainte-Geneviève et contribuer à
accroître les collections que ces deux bibliothèques étaient autorisées à garder. Le rapporteur faisait observer avec raison que la véritable
place des documents chinois et orientaux était
à la rue Richelieu, où de savants spécialistes
s'occuperaient de les classer et de les communiquer; une semblable mesure ne pouvait s'ap-
pliquer aux manuscrits français, grecs et latins,

(1) Cet arrêté, curieux exemple de la centralisation à outrance qui
fut un des vices administratifs du second empire, n'eut d'ailleurs que
peu d'effet : la seule conquête notable du cabinet des estampes fut le
recueil des *crayons* de Daniel et de Geoffroy Du Monstier, conservé à
la bibliothèque Sainte-Geneviève; encore ce département le reçut-il
sans l'avoir demandé.

qu'on avait un moment songé à distraire des autres bibliothèques de Paris pour les joindre au département des manuscrits; ils constituaient pour ces établissements une propriété indiscutable. Les érudits étaient accoutumés à venir les y consulter; au surplus, une telle perte n'eût été compensée par aucun avantage, puisque la Bibliothèque impériale n'avait rien à offrir en échange.

Après avoir exprimé le vœu, resté sans effet, de voir transférer rue Richelieu le cabinet des médailles de l'hôtel des Monnaies, le rapport signalait en terminant la mauvaise installation de la bibliothèque de l'École de droit, qui obligeait le plus souvent les étudiants à travailler à Sainte-Geneviève, et la nécessité de créer dans les arrondissements nouvellement annexés des *bibliothèques de quartier;* il devait s'écouler encore près de vingt ans avant que ces deux progrès ne fussent obtenus.

Tels sont les services rendus par Mérimée aux heureux qui possèdent des livres et à ceux

qui ne peuvent disposer que des richesses publiques ; j'ai voulu, en les rappelant, montrer
qu'il n'a pas moins de droits à la reconnaissance
des travailleurs qu'à l'admiration des délicats.

TABLES

TABLES

I. TABLE DES CHAPITRES

II. TABLE ANALYTIQUE

ARNAULDET (Paul). Avait orné un exemplaire de *Notre-Dame de Paris* du portrait de Victor Hugo, dessiné par Mérimée, 56. — Possédait un exemplaire de l'édition de la *Chambre bleue* préparée par M. Ph. Burty, auquel était jointe une lettre explicative de celui-ci, 62 (note).

AUGUSTE (J.-R.). Peintre et sculpteur. Ouvre aux artistes son salon, dont Mérimée est l'hôte assidu, 45. — Fragment d'un billet inédit à lui adressé par Mérimée, 45.

BLANC (M. Charles). Dessine à Saint-Gratien un portrait de Mérimée photographié à quelques épreuves par un amateur, 31.

BOCHER (M. Édouard). Partage la captivité de Mérimée à la Conciergerie en juillet 1852, 124.

BONAFOUS (M.). Bibliothécaire de Guéret. Fragment de lettre à lui adressée par Mérimée au sujet de *H. B.*, 73.

BOUVENNE (M. Aglaüs). Reproduit deux fois en fac-similé un croquis de Mérimée, d'après Victor Hugo, 56. — Autre croquis d'après Mérimée reproduit dans un album intitulé : *Sept dessins de gens de lettres,* 57 (note).

BRACQUEMOND (M. Félix). Grave à l'eau-forte le croquis de Mérimée peint à l'aquarelle sur le manuscrit original de *la Chambre bleue*, 61.

BRUNET (M. Gustave). Défend Libri contre les attaques des experts, 120.

BURTY (M. Philippe). Communique un billet inédit de Mérimée à J.-R. Auguste, 45 (note). — Un autre billet à Delacroix et une feuille de croquis de celui-ci, 46. — Prépare une édition de *la Chambre bleue*, dont il n'est tiré que trois exemplaires d'épreuves, 61 (note).

CHAMPFLEURY (M. Jules). Fait graver le *Caracalla vendant des petits pâtés* du musée d'Avignon, d'après un moulage exécuté par les ordres de Mérimée, 54. — Rapporte la définition que Mérimée donnait de la politesse des chats, 63. — Dessin de Mérimée représen-

tant un chat dévorant des oiseaux d'après une peinture
égyptienne, reproduit dans *les Chats* de M. Champfleury, 64.

COLIN (Alexandre). Portrait de Mérimée en buste peint
par lui vers 1865, et détruit le 23 mai 1871, 30. — Copie
des *Fileuses* de Velasquez offerte par lui à Mérimée, 103.

DAVID (d'Angers). Fait figurer Mérimée dans les bas-reliefs
du tombeau du général Foy, 25. — Modèle un médaillon
de Mérimée, 25. — Citation empruntée à son journal
personnel, 25 (note).

DELACROIX (Ferdinand-Victor-Eugène). Sa liaison avec
Mérimée. Billet que celui-ci lui adresse pour l'inviter à
dîner, 46. — Réflexions transcrites par Delacroix sur
une feuille de croquis à la suite d'une conversation avec
Mérimée, 50.

DELÉCLUZE (Ét.-Jean). Son opinion sur Mérimée, 20. —
Consent à dessiner pour lui un portrait qui le représente tour à tour en homme et en femme, 20. — Divers
états de ce portrait, exemplaires qui en sont ornés et
qui ont passé dans les ventes, 21.

DESBOUTINS (M. Marcellin). Grave à la pointe sèche,
d'après la photographie de Reutlinger, un portrait de
Mérimée, 32 (note).

DEVÉRIA (Achille). Fragment d'une lettre à Ziégler sur le
voyage de Mérimée en Espagne, 24. — Dessine un portrait lithographié de Mérimée reproduit dans ce volume
par l'héliogravure, 24.

DISDERI. Photographies diverses de Mérimée exécutées
chez lui, 31 et 32 (note).

DU CAMP (M. Maxime). Attaque Mérimée sans le nommer

(à propos de *H. B.*), dans la préface des *Chants modernes*, 76.

DU MÉRIL (Édélestand). Ses démêlés avec Jannet au sujet
de son édition de *Floire et Blancheflor*, 94 (note). — Brochure de Jannet contre lui, 94.

DUMONT (M.). Employé à la bibliothèque de l'Institut.
Chargé par Mérimée de ses commissions dans les ventes, 100.

DU SOMMERARD (M. Edmond). Exécuteur testamentaire
de Mérimée. Recueille un fragment de pipe turque re-
trouvé dans les décombres de la rue de Lille, 106.

EDMOND (M. Charles). Aquarelle de Mérimée à lui appartenant et représentant une vue de Cannes, 55.

FABRE (Fr.-Xavier). Fragments de lettres à lui adressées
par J.-F.-L. Mérimée, 42 et 44.

FEUILLET DE CONCHES (M.). Soutient contre la Bibliothèque nationale, au sujet d'une lettre de Montaigne,
une vive polémique terminée par une restitution, 120.

FOREST (M. Eugène). Possédait un exemplaire du *Voyage
en Auvergne*, que Mérimée lui avait offert tout
relié, 100.

GRENIER (M. Édouard). Occupait l'appartement situé au-
dessus de celui de Mérimée, rue de Lille, 104. — Révisait avec lui les vers des *Tragiques* de d'Aubigné, 105.
— Recueille, après l'incendie du 23 mai 1871, trois
objets d'art à lui appartenant, 106. — Communique à
l'auteur de ce livre un petit faune antique jouant avec
sa queue, reproduit, 106.

GRENIER (M. Jules). Donne des leçons d'aquarelle à Mérimée, qui se reconnaît son « élève indigne », 54.

HUGO (Victor). Billet à lui adressé par Mérimée au sujet

de la première représentation d'*Hernani*, 23 (note). — Mention d'un autre billet relatif au même sujet, 23.

INGRES (J.-D-.A.). Dessine un portrait à la mine de plomb de Mérimée père, 43.

ISLE (M. Henry de l'). Communique une épreuve de la lithographie de Scheffer d'après Delécluze, représentant Mérimée sous les traits de Clara Gazul, 21.

JACQUEMONT (Victor). Son portrait peint par Mme Mérimée et gravé à la manière noire par Bourrer, 44.

JANNET (Pierre-Germain). Fondateur de la Bibliothèque Elzévirienne. Est présenté à Mérimée par M. Taschereau, 83. — Lettres à lui adressées par Mérimée, 84 à 98. — Sa brochure contre Éd. du Méril, 94 (note). — Liste des livres de la Bibliothèque Elzévirienne dont il avait fait présent à Mérimée, 99.

JUBINAL (Achille). Défend Libri contre les experts, 120. — Démontre à son insu la culpabilité de l'accusé dans la lacération des manuscrits de Christine de Suède, 120. — Découvre une lettre inédite de Montaigne, 120.

KOREFF (de). Médecin de Stendhal et d'Henri Heine, 48.

LACOUR (M. Louis). Est chargé par Jannet de donner une édition des *Œuvres complètes* de Branthôme, 91. — Possède des manuscrits de la notice et des notes de Mérimée pour cette édition, 92.

LACROIX (M. Paul). Croquis divers de Mérimée qu'il possède, 57. — Polémiques qu'il soutient en faveur de M. Libri et contre la Bibliothèque nationale, 119.

LAFFITE (M. Pierre). Exécuteur testamentaire de P. Jannet. Communique les lettres de Mérimée adressées à celui-ci, 84.

LALANNE (M. Ludovic). Critique sévèrement l'édition des

Aventures du baron de Fæneste, publiée par Mérimée,
91. — Chargé, avec MM. Bordier et Bourquelot, de
l'examen des livres et des papiers de Libri, 118. —
Répond avec ses deux collègues aux attaques de Mérimée contre leur rapport, 123.

LAMI (M. Eugène). Fait figurer Mérimée dans une aquarelle intitulée : *Un salon de Paris il y a vingt ans*, 30.

LE PRÉVOST (Auguste). Fragment de lettre à lui adressée
par Mérimée, 83.

LIBRI (G.-B.-I.-T.). Est accusé dans les derniers temps du
règne de Louis-Philippe de détournements dans les bibliothèques publiques, 116. — Dénoncé par un rapport
de M. Boucly adressé à M. Hébert, garde des sceaux et
communiqué à M. Guizot, 117. — Fuit en Angleterre
sur l'avis officieux de M. Terrien, rédacteur du *National*,
177. — Lettres qu'il adresse à M. Boucly, à M. de Falloux, au président de l'Institut de France, à M. Barthélemy Saint-Hilaire, 118. — Est condamné à dix ans de
réclusion et à la perte de ses titres et dignités, 122. —
Article de Mérimée dans *le Moniteur* sur la vente de sa
bibliothèque en 1859, 127. — Pétition de Mᵐᵉ Libri en
sa faveur remise à l'empereur, 127. — Autre pétition de
la même au Sénat, discutée en séance publique par Bonjean, Delangle et Mérimée, 128.

MARCELLO (Adèle d'AFFRY, duchesse de COLONNA DE CAS-
TIGLIONE, connue sous le pseudonyme de). Peint une
aquarelle d'après le sorcier de *Djoûmane*, 61 (note).

MARCILLE (M. Eudoxe). Possède l'aquarelle peinte par
Mᵐᵉ la duchesse Colonna (Marcello), d'après le sorcier
de *Djoûmane*, 61 (note).

MARESTE (baron de). Ami de Mérimée, de Stendhal et de
Jacquemont, 48.

archéologiques et ses voyages d'agrément, 52. — Apprend à mouler; présente à M. Thiers la reproduction du *Caracalla vendant des petits pâtés* du musée d'Avignon, 53. — A peur qu'il ne prenne cette figure pour sa propre caricature, 53. — Singulière façon dont il écrit le nom de cet homme d'État, 53 (note). — Peint à l'aquarelle sous la direction de M. Jules Grenier jusqu'à son dernier départ pour Cannes, 54. — Dessins divers à l'encre et au crayon, recueillis par quelques curieux, 55. — Album de dessins obscènes exécutés avec la collaboration de M. Gr. de B., 58. — Fragments des *Lettres à l'Inconnue* où il est question de dessins, 58. — Manuscrits de Mérimée ornés d'aquarelles par lui-même ou par des dames, 61. — Son mot à M. Champfleury sur la politesse des chats, 63. — Raccourci de matou dessiné par lui et fac-similé, 63. — Dessin représentant un chat égyptien dévorant des oiseaux reproduit dans *les Chats* de M. Champfleury, 64. — Goût de Mérimée pour les livres lisibles et sans ornements, de format in-8°, 68. — Pose sa candidature à l'Académie française et à l'Académie des Inscriptions, 69. — Fait imprimer à petit nombre l'*Essai sur la guerre sociale*, 70. — Tirage restreint de la première édition de la notice sur Henry Beyle (*H. B.*), 72. — Distribution des exemplaires bientôt arrêtée par l'auteur, 73. — Fragment d'une lettre inédite à ce sujet, 73. — Accident irréparable survenu à l'exemplaire de Mérimée lui-même, 74. — Part qu'il prend aux travaux de la Société des bibliophiles français, dont il est élu membre en 1847, 81. — Annote pour Jannet les *Aventures du baron de Fœneste* et les *Œuvres* de Branthôme; lettres et billets adressés à Jannet au sujet de ces deux publications, 84 à 98. — Livres de la Bibliothèque Elzévirienne dont Jannet lui avait fait hommage, 98. —

READ (M. Charles). Collationne le texte des *Tragiques* de
d'Aubigné sur le manuscrit autographe conservé au
château de Bessinges, 104. — Termine après la guerre
de 1870 l'édition des *Tragiques* commencée par Mérimée, 105.

RÉGAMEY (M. Frédéric). Grave à l'eau-forte, d'après la
phothographie d'E. Robert, un portrait de Mérimée, 33.

REGNIER (Mme). Amie de Mme Mérimée. Fait une copie du
portrait de Mérimée peint par sa mère, 18. — Communiquée à l'auteur de ce livre, elle est reproduite en fac-
similé et placée en regard du faux titre.

REQUIEN (Esprit). Naturaliste et antiquaire. Fragments
de lettres inédites de Mérimée à lui adressées, 26, 110,
111, 112, 115. — Caricature de Mérimée dessinée par
lui-même sur un album de Requien conservé au musée
d'Avignon, 36.

REUTLINGER. Photographie de Mérimée exécutée par lui
et plusieurs fois reproduite, 32.

ROBERT (Émile). Photographies exécutées par lui d'après
Sainte-Beuve et Mérimée, 33.

ROPS (M. Félicien). Frontispice de sa composition pour
une édition belge de *H.B.*, 79.

SAULCY (M. Louis-Félicien-Joseph CAIGNART de). Fragment
de lettre à lui adressée par Mérimée, 69.

SPOELBERCH DE LOVENJOUL (M. le vicomte Charles
de). Communique à l'auteur une lettre de Mérimée à
Sainte-Beuve contenant les noms des correspondants de
Beyle, 48 (note). — Possède et communique l'exemplaire
de l'édition originale de *H. B.*, offert par Mérimée à
Mme Ancelot, 73.

SUTTON SHARPE. Avocat anglais, ami de Mérimée. Por-

III. TABLE DES ILLUSTRATIONS

Les vues de paysages et de monuments ont été dessinées par M. A. Normand.

IMPRIMÉ

PAR

CL. MOTTEROZ

A

PARIS